FOLIE À DEUX

Bibliografische Information der Deutschen Nationalbibliothek: Die Deutsche Nationalbibliothek
verzeichnet diese Publikation in der Deutschen Nationalbibliografie;
detaillierte bibliografische Daten sind im internet über http://dnb.dnb.de abrufbar.

Die automatisierte Analyse des Werkes, um daraus Informationen insbesondere über Muster,
Trends und Korrelationen gemäß §44b UrhG („Text und Data Mining") zu gewinnen,
ist untersagt.

© 2025 Katharina Stertz
Weitere Mitwirkende: Tamara Matuschek

Verlag: BoD · Books on Demand GmbH, In de Tarpen 42, 22848 Norderstedt, bod@bod.de
Druck: Libri Plureos GmbH, Friedensallee 273, 22763 Hamburg

ISBN: 978-3-7693-5558-1

»Ja, L. trat in mein Leben und löste darin langsam, sicher und heimtückisch eine tiefgreifende Erschütterung aus. L. trat in mein Leben wie mitten in der Vorstellung auf eine Bühne, als hätte der Regisseur dafür gesorgt, dass sich ringsum alles zurücknimmt, um ihr Platz zu lassen, als wäre L.s Auftritt arrangiert worden, um seine Bedeutung zu unterstreichen, damit in genau diesem Augenblick der Zuschauer und die anderen Personen auf der Bühne (in diesem Fall ich) nur auf sie sehen, damit ringsum alles andere erstarrt und ihre Stimme bis zum Ende des Saals trägt, kurzum, damit sie Eindruck macht.«

Delphine de Vigan - *Nach einer wahren Geschichte*

Prolog

Da sah ich ihn wieder. Er ging an mir vorbei. Er war fast vorbei-
gestreift, vorbeigeschwebt, vorbeigeblitzt. Sein Kostüm glitzerte
unter dem Licht. Er hatte sich mit der Menge gemischt und stach
aus der Masse heraus. Ich hatte ihn mir immer größer vorgestellt.
Abrupt blieb er neben mir stehen und ich war die Person, die ihm
am nächsten war in diesem Moment, in diesem Raum, für ein
paar Sekunden. Es trat ein surrealer Moment ein, eine kurze
Gedächtnislücke, ein Kurzschluss, ein Blackout, als sich unsere
Blicke kurz trafen. Für einen Moment war alles verschwunden.

Ich war wieder da, als ich mein Handy entsperrte, um ein
Video davon zu machen, wie er sang, wie er vor mir stand. Ich
weiß noch, dass ich ihn am liebsten berührt hätte, um
sicherzustellen, dass er, die Person, das Idol, von dem ich besessen, das ich vor dem Fernseher bewundert und in den Medien
jahrelang verfolgt hatte, real und keine Halluzination, keine
Einbildung war. Ich beobachtete ihn durch mein Handy und
dachte: »Bitte schau her! Bitte schau ganz kurz her! Ich bin
hier!«

Das Licht ging an. Die Show war vorbei. Die Menschen um
mich herum sahen mich, lächelten, grinsten mich sogar an. Ich
vermutete, dass sie mich erkannt hatten wegen vorhin. Meine
Umgebung kam mir fremdartig vor, entpersonalisiert. Als
gehörte ich nicht wirklich dazu.

Eine leichte Brise wehte und die Laternen glommen im
Dunkeln. Ich trug mein Lieblingskleid, das dunkelblaue mit den
Sternen drauf. Ich roch die Freesiennote meines Parfums, dessen
Marke denselben Namen wie die Protagonistin meiner Roman-
idee trug. Ich hatte es heute morgen aufgetragen, um ihr
irgendwie näher zu sein, um heute sie zu werden, um mich in sie
zu verwandeln. Und während ich auf die Tram wartete, spielte
ich dasselbe Video immer wieder und wieder ab, bis ich es nicht
mehr ertragen konnte. Ich war nachts alleine in einer fremden
Stadt, in einem fremden Land. Ich hatte keine Angst, sondern
fühlte mich fast unbesiegbar. Ich war glücklich. Noch nie habe
ich mich so lebendig gefühlt. Und danach würde ein neues
Kapitel beginnen, dachte ich. Der Kreis würde sich schließen.

Am nächsten Tag wachte ich wieder ganz normal auf, als ob
nichts passiert wäre, als wäre das alles nur ein seltsamer Traum

gewesen, der sich verflüchtigt hat. Doch der Tag war real. Das Video existiert. Sogar er hat es gesehen. Und doch zweifle ich an meiner Wahrnehmung, an meinen Gefühlen, an den Geschehnissen, ob sie wirklich so eingetreten sind oder ob mein Gehirn mir die ganze Zeit einen Streich gespielt hat.

Und wenn ich sage, dass die nachfolgende Geschichte reine Fiktion ist, dann ist das gelogen.

Das Licht geht aus und ich stelle mir vor wie ich in einer Geschichte stecke. Ich bin die Hauptfigur und das Schicksal ist der Autor. Oder es geht um ihn, um Luc, den missverstandenen Künstler, der da oben auf der Bühne steht. Es ist unsere Geschichte, die jetzt beginnt und dann ihren Lauf nimmt.

Die ersten Noten werden gespielt. Alle heben kollektiv ihre Handys hoch, sodass ich kleine Duplikate seines Gesichtes auf den hundert Bildschirmen vor mir sehen kann. Nebel umhüllt ihn. Ich sehe, wie Tänzerinnen sich langsam und anmutig zu den Tönen bewegen. Die Menge lauscht seiner Stimme. Ich stehe genau in der Mitte des Raumes, eingequetscht zwischen Fremden.

Hunderte von Augenpaaren verfolgen fokussiert seine Bewegungen. Und niemand traut sich mitzusingen, sich zu bewegen, der Trance zu entkommen. Er ist ein Gott und wir beten ihn gemeinsam an. Wir lassen uns von seiner Stimme leiten, als hätte er die Menge hypnotisiert, einen mächtigen Liebeszauber beschwört. Bemüht balanciere ich auf meinen Zehenspitzen. Meine Schuhe drücken. Ich versuche zwischen den hundert Köpfen und Silhouetten vor mir, etwas zu erkennen, eine Geste, einen Blick. Da ist er. Tatsächlich. In echt sieht er viel besser aus, als auf den Bildern im Internet, im Fernsehen oder sogar auf den retuschierten Plakaten, die auf den Litfaßsäulen und Wänden in der ganzen Stadt beklebt sind. Hier auf dieser Bühne, unter diesem Licht, das seine schönsten Gesichtszüge betont, das die dunkelroten Pailletten auf seinem Kostüm so magisch glitzern lässt, sieht er aus wie ein echter Künstler, der sich der Menge anvertraut, seine Geschichte erzählt, der uns seine Seele öffnet. Auch wenn ich hier hinten stehe, glaube ich zu spüren, dass er nur für mich singt, als würde er meine Präsenz spüren können. Als wäre es vorbestimmt worden, dass ich hier auftauchen würde.

Die Bewunderung lässt nach. Langsam gewöhne ich mich an seine Präsenz und betrachte die ganzen anderen Zuschauerinnen. Die meisten sind noch nicht einmal mit der Schule fertig, haben sogar ihre Eltern mitzerren müssen. Er sieht sie alle an, diese von ihm geblendeten, geisteskranken Fans, die ihre kostbare Zeit und Energie an ein Idol verschwenden. Und ich höre sie kreischen, sehe wie sie fast in Ohnmacht fallen. Aber mich scheint er nicht zu sehen, als wäre ich unsichtbar. Oder als würde er durch mich hindurch sehen, als würde ich nicht existieren. Und er wird niemals von all dem wissen, was er mir bedeutet, was er mich fühlen lässt, wie er mein Leben auf den Kopf gestellt hat.

Ich stehe draußen vor der Halle und zünde mir eine Zigarette an, lasse mir die Show durch den Kopf gehen, wie einen Film in Dauerschleife.

Ich kann nicht fassen, dass ich tatsächlich Luc gesehen habe. Luc Morel. Den Luc, den ich so lange bewundert habe, der mich zu der Person gemacht hat, die ich heute bin. Der Luc, der meiner Kunst Farbe verleiht, der meinen Texten Worte gibt. Luc, meine Inspiration, meine Muse, mein Lebenssinn. Je länger ich an ihn, an seinen Namen denke, desto bizarrer kommt mir das alles vor.

Ich schaue dankbar in den schwarzen Himmel. Die Mondsichel leuchtet mich so mystisch an und erinnert mich an ihn, wie ich ihn aus der Ferne bewundere und wie er mich immer wieder verfolgt, wenn ich einen Schritt mache und dennoch unerreichbar bleibt.

Vielleicht hat er mich auch gesehen. Vielleicht denkt er an mich. Ich werde es nie wissen. So stehe ich alleine unter dem Nachthimmel, romantisiere meine Melancholie. Es beruhigt mich. Ich fühle mich im Reinen mit mir selbst, als könnte mich jetzt nichts und niemand aus der Ruhe bringen, diesen friedvollen Zustand in mir zerstören, bis mich schrille, Stimmen aus der Träumerei reißen.

Ich blicke zum Parkplatz vor mir und beobachte eine Gruppe von Mädchen im Teenageralter. Ungefähr zehn, fünfzehn Personen. Unter diesem gelben Laternenlicht sehen sie sich alle so ähnlich, mit ihrem fast identischen Kleidungsstil, die Strickjacken, die gleichen Schnitte der Hosen, die gefärbten Haare, die Art und Weise wie sie sich schminken, um älter und reifer zu wirken. Ich frage mich wie alt sie wohl wirklich sind, ob sie eigentlich noch so spät draußen sein dürfen.

»Oh mein Gott, da ist Luc!«, höre ich eine von ihnen rufen. Sie trägt eine Zahnspange. Wie besessen laufen sie einem schwarzen Auto hinterher, machen Fotos und Videos mit Blitzlicht, schreien abwechselnd undeutliche Dinge. Niemand beachtet mich. Ich stehe ganz hinten und beobachte das Szenario, wie durch ein Schaufenster, als wäre ich außerhalb dieser Szene. Eine Zuschauerin.

Eines der Mädchen hält ein Plakat, aber ich kann nicht entziffern, was da drauf steht. Auf der Rückbank lässt jemand die verdunkelte Scheibe hochfahren. Das Auto setzt sich in Bewegung und lässt die kreischende Menge zurück.

»Glaubt ihr, er hat uns gesehen?«, fragt eine. Ein Mädchen bricht zusammen und fängt hysterisch an zu weinen. Ein paar andere kommen auf sie zu und versuchen, sie zu trösten. Ich sehe, wie sich die kleinen, armseligen Schülerinnen umarmen. Peinlich berührt verziehe ich mein Gesicht und drücke die Kippe aus.

Mitternacht. Vier Nullen stehen auf meinem Display, die mir etwas ankündigen wollen: Ein Neuanfang, ein neues Kapitel. Ich laufe durch die Straßen, gehe an Neonschildern, an rauchenden Menschen vor Lokalen vorbei. Ich stelle mir vor, wie er neben mir laufen würde, wie ich seine warme Hand halten würde, während wir spazieren und miteinander sprechen. Ich weiß nicht, worüber wir reden würden. Vielleicht würde ihm eine Anekdote einfallen. Ich würde gespannt zuhören. Bestimmt würde er einen Witz machen und versuchen, mich zum Lachen zu bringen. Ich weiß nicht, wie er das anstellen würde, aber ich kann es mir mühelos vorstellen, als wäre es echt gewesen, wie eine Erinnerung, die ich zu verdrängen versucht habe. Ich senke meinen Blick zum orangen beleuchteten Bürgersteig und höre meinen eigenen Gedanken zu, die mir Dinge zuflüstern: Dass Luc mich doch gar nicht kennen würde, dass ich ein Phantom verfolgen würde. Ich beschleunige, als würde ich vor meinen Gedanken fliehen, vor der Negativität weglaufen.

Abrupt spüre ich kurz etwas meinen Arm streifen. Es war keine gewöhnliche Berührung. Es hat sich so angefühlt, als hätte mich ein kurzer Stromschlag getroffen. Ich sehe weiße Blitze vor meinem geistigen Auge, als würde ich gleich ohnmächtig werden. Der Boden ist weich wie Watte.

»Seelenverwandte finden immer den Weg zueinander. Das Universum bringt sie immer Stirn an Stirn zusammen«, ist ein Spruch, an den ich gerade denken muss. Er ist in diesem Moment einfach so in meinem Kopf aufgeblitzt. Ich habe ihn irgendwo gehört, aber mir ist entfallen, wo und wann. Ich drehe mich um und starre die Person an, die mich ebenfalls ungläubig mustert.

»Entschuldigung, kennen wir uns?«
»Nein, ich glaube nicht«
Pause. Ich analysiere ihn von oben bis unten. Er sieht aus wie Luc. Ich glaube, dass ich rot geworden bin. Auf gar keinen Fall darf ich mir anmerken lassen, dass ich ihn erkannt habe. Er lächelt mich an.

Es passiert alles so schnell. Eins folgt dem anderen. Da sitzen wir uns gegenüber auf dunklen Barhockern. An der Wand steht ein Regal mit Flaschen aus Glas, die unter dem sanften Licht glitzern. Kellnerinnen mit Tabletts laufen hektisch durch den Raum, was nicht zur ruhigen Klaviermusik im Hintergrund passt.

»Wie heißt du?«, fragt mich mein Gegenüber.

»Chloé, und du?«

»Ich heiße Luc«

»Freut mich«

Zwei Gläser Weißwein werden uns gebracht. Wir stoßen an, schauen uns in die Augen, trinken ein paar Schlücke. Die Menschen um uns herum sprechen zwar durcheinander und klirren mit Geschirr, aber ich verstehe jedes seiner Worte glasklar. Es fällt mir gerade nicht schwer, die Geräuschkulisse auszublenden. Dauernd frage ich mich, ob ich gerade träume, ob ich bald aufwachen würde. Irgendwie passt hier nichts zusammen.

Er bemerkt mein Grübchen auf meiner rechten Wange und findet es »süß«. Ich lächle, schäme mich ein bisschen und weiß nicht wieso. Mein Herz fängt an schneller zu schlagen. Es kommt mir so seltsam vor, ein normales Gespräch mit ihm, mit meinem Idol zu führen, was bisher nur in meinen Träumen vorgekommen ist.

Ich fange an, Fragen zu stellen, über ihn, über seine Person, dessen Antworten ich schon auswendig kenne. Ich strenge mich an, mich nicht zu verraten, versuche stattdessen überrascht und verblüfft zu wirken, wenn ich erfahre, dass ich dieselben Ansichten habe wie er. Unsere Konversationen werden dauernd mit Sätzen wie »Das denke ich genauso« oder »Es ist unglaublich, aber mir ist das gleiche passiert« und »Ah, wirklich?« oder einem »Es fühlt sich so an, als würde ich mit jemandem reden, der mich wirklich versteht« unterbrochen.

Ich blicke kurz sehnsüchtig zu den Paaren auf der Tanzfläche, die sich zur Musik bewegen.

»Komm, wir gehen tanzen«, schlägt er plötzlich vor, als hätte er meine Gedanken gelesen. Ich schaue verblüfft.

»Ich kann überhaupt nicht tanzen. Ich würde uns nur blamieren«

Trotzdem steht er auf und reicht mir seine Hand.

Wir tanzen einen Walzer, drehen uns im Kreis, sodass die Umgebung langsam verschwimmt. Niemand beachtet uns, als wären wir ganz alleine. Nur er und ich. Sein Gesicht sieht aus der Nähe noch schöner aus, in diesem warmen Licht. Wie gern würde ich seine Wangen berühren, um zu wissen, wie sich seine Haut anfühlt.

Der Alkohol fängt an, sich mit den Glückshormonen in meinem Blut zu vermischen. Dann fangen wir an, Witze zu machen, zusammen zu lachen, was so einfach und ganz natürlich geschieht, als würden wir uns schon eine Ewigkeit kennen. Nicht einmal das Schweigen ist uns peinlich. Luc kommt mir vor wie ein Freund, den ich lange nicht mehr gesehen habe, als hätten wir uns auseinandergelebt und müssten uns noch einmal kennenlernen.

Nach einigen Stunden Konversation mit ihm, habe ich das Gefühl, dass er mich für nichts verurteilen würde, dass er mich genauso gut verstehen könnte, wie er sich selbst, dass er eine Person ist, vor der ich mich nicht mehr verstellen oder verstecken muss. Nach und nach fühle ich mich sicherer, leichter, sodass jegliche Spuren von Unsicherheit verschwinden. Ich beginne zu vergessen, dass er mich gestern noch gar nicht kannte.

Die Gäste verlassen nach und nach das Lokal, sodass es ruhiger und leerer wird, so wie die beiden Gläser auf dem Tisch. Man hört nur noch leise Klaviertöne im Hintergrund.

»Ich kann mir vorstellen, dass du es nicht wirklich leicht hast mit so vielen Fans, die dauernd etwas von dir wollen«, merke ich an.

»Ich habe mir diesen Beruf ausgesucht, also hätte ich es früher oder später erwarten müssen. Aber wer wäre ich eigentlich ohne sie?«

Er schaut zu Boden.

»Darf ich ehrlich zu dir sein?«

Ich nicke gespannt.

»Ich wollte eigentlich nie bewundert, sondern einfach nur verstanden werden. Ich wollte, dass jemand mich sieht und sich denkt ‚wow da ist jemand, der dasselbe durchmacht wie ich'. Ich wollte einfach nur zeigen, was in meinem Kopf vorgeht, wollte meine Ideen teilen, etwas erschaffen und hätte nie gedacht, dass es bei so vielen Menschen so positiv ankommt«.

Es klingt so, als hätte ich diese Wörter irgendwo aufgeschrieben, als hätte ich vor ein paar Wochen das gleiche gedacht.

»Genau deshalb mache ich auch Kunst. Ich male, ich mache Collagen, schreibe Texte und klebe sie auf Leinwände. Ich mache das eigentlich nur für mich. Kunst hat keine Trends. Meine Werke sind zeitlos. Sie haben kein Verfallsdatum«

Ich zeige ihm Fotos aus meiner letzten Ausstellung. Ich swipe durch meine abstrakten Gemälde, schwarz-weiße Collagen mit Textschnipseln aus Zeitungen, Notizen, die ich über ihn verfasst habe, von meiner Obsession zu ihm. Glücklicherweise konnte man meine Schrift auf dem Bild nicht so gut lesen.

»Das hier habe ich für vierzigtausend verkauft«

Sein Gesichtsausdruck ändert sich. Er hebt kurz die Augenbrauen, als er die Summe hört.

»Wow, vierzigtausend, wirklich?«

Ich bejahe. Er fängt an, mir Komplimente zu geben. Luc Morel, mein Idol, gibt mir tatsächlich Komplimente. Daraufhin packe ich mein Handy wieder ein.

»Du machst alles richtig. Am liebsten würde ich etwas kreieren, ohne dass mir jemand diktiert, was ich zu tun habe. Ohne vom Publikum unter Druck gesetzt zu werden, das immer auf etwas Neues wartet. Ich habe keine Lust anderen gefallen oder mich dauernd neu erfinden zu müssen. Ich würde so gerne eine eigene, kleine Welt erschaffen, in der ich so sein kann, wie ich bin. Am liebsten wäre ich so wie du. Niemand würde mich kennen, niemand würde etwas von mir wollen und gleichzeitig hätte ich alles, was ich will«

Ich kann mein Lachen nicht verkneifen.

»Haha, ja, genau. So wie ich«

Ich bin kurz davor, ihm alles zu beichten, was in meinem Kopf so brodelt, wie besessen ich doch sei, dass ich ihn schon jahrelang vergötterte. Ich erzählte ihm fast, wie sehr ich an mir zweifelte, dass *ich* eigentlich schon immer so sein wollte wie er und sein Niveau niemals erreichen könnte...

Ich schaffe es aber noch, mich zurückzuhalten. Stattdessen halte ich mir die Hand vor den Mund, um zu signalisieren, dass mir mein Lachen einfach so herausgerutscht ist und ich es nicht so gemeint habe.

»Weißt du, ich wollte bekannt sein. Ich wollte, dass mir die Welt zu Füßen liegt. Heute habe ich alles, was ich will, aber langsam bekomme ich Angst, dass ich eines Tages vergessen werde, warum ich damit angefangen habe. Dass ich mich dann nur noch auf den Gewinn konzentriere. Und ich denke, dass das Schicksal mich heute zu dir geführt hat, damit ich wieder erkenne, warum ich das tue, was ich tue«

Irgendwie passt es nicht zusammen. Er hält inne und sagt plötzlich: »Ich habe von dir geträumt, Chloé«

Ich beobachte den Sonnenuntergang, der den Himmel in warme, lebhafte Farben taucht. Die Wellen des Meeres rauschen und geben der Luft einen Hauch von Salz. Der Wind weht durch meine Haare, pustet Sand auf das Strandtuch, auf dem ich sitze. Es wird langsam kälter. Ich drücke Luc näher zu mir, damit uns etwas wärmer wird.

Alle interessieren sich, wo er jetzt ist, doch niemand weiß es. Nur ich. Und niemand weiß von mir. Niemand weiß von *uns*.

Letzte Woche waren wir spontan aufgebrochen, um vom Alltag zu fliehen, um einfach nur alleine zu sein, weit weg von den Menschen, die wir kennen, von den Menschen, die ihn erkennen könnten. Er kam auf mich zu mit zwei Flugtickets, die er impulsiv gekauft hatte. Er meinte, dass er nachdenken müsste, über ein neues Album, einen Roman oder sowas.

Er hatte so schnell gesprochen wie ein Wasserfall, sodass ich nicht alles begreifen konnte. Ich wollte ihn nicht unterbrechen. Er versuchte nämlich sein Bestes, mich zu überzeugen, mich zu überreden. Ich erinnere mich, dass er Dinge erwähnte wie:

»Versprich mir, dass du mitkommst! Ich möchte keine Sekunde ohne dich verbringen!« und »Lass uns einfach Spaß haben, als würde uns niemand kennen«.

Es ist, als wäre ich in einer kitschigen Liebesgeschichte, in der alles viel zu schön, viel zu perfekt abläuft. Wie in einem Film, einer Romanze, nur ohne Hindernisse, ohne Intrigen. Morgens gehen wir Hand in Hand durch die malerischen Gassen einer südländischen Altstadt spazieren. Die Morgensonne lässt seine blonden Haare golden wirken. Wir zeigen uns und niemand erkennt uns. Wir sind unverwundbar. Hier fühlen wir uns frei, wie ein normales Paar von vielen, das sich in der Öffentlichkeit lieben kann, deren Namen niemand kennt. Dann sitzen wir auf der Terrasse eines Cafés, beobachten die Menschen, die zur Arbeit eilen, die ihre Gespräche auf fremden Sprachen führen. Kaffee wird gebracht. Der Duft steigt mir in die Nase. Es riecht nach Glück. Und ich habe das Glück, Luc zu kennen, Luc lieben zu können und zu wissen, dass er mich zurückliebt. Ich kann mir nicht vorstellen jemanden genauso stark lieben zu können wie ihn.

Dann gehen wir ans Meer. Er führt mich an abgelegene Orte, an denen sich fast niemand aufhält, an denen das Wasser so klar und unberührt scheint. Wir gehen in Museen, besuchen zeitgenössische Galerien, in denen ich ihm die Werke erkläre, sind bis spät in die Nacht unterwegs und führen Gespräche unter dem Mondlicht.

»Wir sind ein Team«, sagt er mir.

»Wir gehören zusammen« und »Mit dir ist mein Leben perfekt«.

»Ich kann mich nicht mehr daran erinnern, wie ich ohne dich gelebt habe«

»Ich werde dich nie verlassen«

»Ich werde immer gut zu dir sein«

»Ich tue alles für dich«

Ist es nicht seltsam? Man wünscht sich etwas vom ganzen Herzen und dann, ganz plötzlich, wenn man kurz blinzelt, wenn man es am wenigsten erwartet, geht es in Erfüllung. Alles, wonach man sich jahrelang gesehnt hat, ist plötzlich einfach da.

Und am Ende ist es noch schöner, als man es sich jemals erträumen konnte. Ich bin wunschlos glücklich. Es gibt nichts mehr wonach ich streben wollen würde. Ich habe mein Ziel erreicht.

Nicht alles ist für immer. Nicht alles hält ewig. An einem regnerischen Tag fliegen wir wieder nach Hause, ziehen dunkle Koffer mit uns und müssen uns wieder unter dunklen Kleidungsschichten verhüllen, uns verstecken. Ich weigere mich neben ihm zu laufen, sonst könnte ich und unsere Beziehung auffliegen. Die liebeskranken Teenager würden mich wie hungrige Wölfe zerfleischen. Schon ein flüchtiger Blick könnte mich sofort verraten.

Ich höre unsere eigenen hektischen Schritte, die nach Hause eilen, die sich vor der Außenwelt isolieren wollen. Die Geräusche vermischen sich mit einem leisen, undeutlichen Flüstern unter meinen Schuhen.

»Chloé«
    »Du hast ihn nicht verdient«
    »Das weißt du ganz genau«

Viel Zeit ist vergangen. Nach und nach verblassen die magischen Momente. Unsere Liebe ist fast nur noch eine Erinnerung.

Ich verbringe die Tage alleine in der Villa. In einem riesigen, modernen, quaderförmigen Gebäude mit hohen Fenstern, einem quadratischen Pool im Garten, in dem das Wasser unter den Sonnenstrahlen glitzert, einem majestätischen Springbrunnen vor der breiten Haustür. Ein großes Tor, das fast immer geschlossen bleibt. Ein massiven Zaun isoliert uns vor der Außenwelt.

Der Funke ist fast erloschen. Luc kommt manchmal später nach Hause. Dann hat er keine Zeit. Er ist da und er ist verschwunden.

Ich werde nachdenklich. Ich denke über Dinge nach, über die er nicht spricht. Ich erfinde etwas. Ich erfinde eine zweite Chloé, eine bessere, schönere Chloé, die eigentlich ganz anders aussieht als ich. Ich erfinde eine andere Frau, die bei ihm ist.

Mein Herz ist schwer. Solange er später zu mir zurückkommt und mich nicht verlässt, ist alles gut, rede ich mir ein. Dann bin ich ihm ja noch wichtig, denke ich, obwohl es wehtut, obwohl ich innerlich weiß, dass das nicht stimmt.

Da öffnet sich die Tür und er kommt wieder, als hätte er meine Gedanken gehört, als hätte er gefühlt, dass es mir schlecht ging, als hätte er nicht gewollt, dass ich an ihm oder an mir selbst, an unserer Verbindung zweifle. Er fragt mich, wie es mir gehe. Er tröstet mich, umarmt mich, küsst mich so wie früher. Er ist mir wieder ganz nah. Er fängt an, mir wieder Blumen zu schenken, mich mit seiner fröhlichen Art und seiner Lebensfreude anzustecken.

Manchmal kommt er auf Ideen. Wir verkleiden uns, gehen nachts raus in Bars, wecken alte Erinnerungen wieder auf, die tief in mir geschlummert hatten, spielen unser allererstes Treffen nach wie in einem Theater, entfachen unsere Gefühle, reanimieren unsere Herzen. Wir gehen wieder Hand in Hand spazieren, während er mir sagt, wie sehr er mich liebt, dass er für mich alles tun würde, dass er mir die Welt schenken würde, dass er sich noch nie so gut gefühlt hatte wie mit mir. Dann kommen wir nach Hause und tanzen zu sanften Melodien in unserem Wohnzimmer. Auf den Wänden hängen meine verzerrten Gemälde. Pink, Türkis, Gelb. Mein Leben hat wieder Farbe, wenn er mich in die Arme nimmt, wenn sich unsere Lippen berühren und wenn wir lachen, bis wir nicht mehr atmen können.

Niemand sieht uns. Alles dreht sich. Niemand kann uns dieses Glück wegnehmen. Unser ganzes Zuhause ist überfüllt von roten Rosensträußen, die er mir jeden Tag schenkt.

»Ich würde dir jede Rose der Welt schenken«, sagt er jedesmal. Alles ist wieder so wie früher. Ich fühle mich wie einem Traum und hoffe, dass ich nicht aufwachen werde.

Er bringt mir teure Geschenke. Er sagt, dass ich seine Muse bin, schenkt mir teure Kleidung, dessen Stoff sich so angenehm an meine Haut schmiegt. Schmuck, der unter dem Licht schimmert. Flacons. Edles Make-Up, das ich mich früher nicht zu benutzen getraut, sondern nur für besondere Anlässe aufgehoben hätte. Marken, die ich mir früher in zehn Jahren nicht hätte leisten konnte.

Er weiß, was mir gefällt. Er zeigt mir, dass ich einen Wert habe, dass ich ihm wichtig bin, dass ich wertvoll, dass ich teuer bin.

Nach und nach werden die Komplimente weniger, die gemeinsamen Abende seltener, die Gespräche oberflächlicher. Er ist wieder verschwunden und ich habe keine Ahnung, wann er wieder nach Hause kommt, ob es vielleicht eine zweite Chloé gibt. Er sagt mir nicht, wo er ist, wann er wiederkommt, hinterlässt keine Notiz, schreibt mir keine Nachrichten.

Ich möchte ihn auch nicht in meinem goldenen Käfig gefangen halten, ihn stören oder ihn mit meinen Zweifeln konfrontieren. Ich möchte nicht die Anhängliche, die Nervige sein. Dauernd tue ich so, als würde ich gut alleine zurechtkommen.

Die Packungen von renommierten Markennamen stapeln sich in meinem begehbaren Kleiderschrank. Ich hatte nicht einmal Zeit, die Kleider zu sortieren und sie aufzuhängen. Die Schuhe sind auf dem Boden so durcheinander verstreut, sodass ich den Überblick verloren hatte, welche zueinander gehörten.

Mir ist alles egal geworden. Ich bin von Luxus umgeben und fühle mich leer, als würde mir etwas fehlen. Ich bekomme keine Luft mehr, ersticke in den Verpackungen, in den Produkten, im Materialismus.

Die Rosen in den Vasen fangen an zu verwelken. Aus sattem rot wird ein fast schwärzlicher Ton. Als wären unsere Gefühle vom Aussterben bedroht. Die Villa kommt mir so riesig vor ohne ihn. Ohne Farbe. Sie ist vollgestopft mit Möbeln, voller Schätze und Reichtümer, voller Leinwände sechsstelliger Beträge, für die wir beneidet werden. Aber wenn Luc nicht da ist, dann hat das alles keinen Wert für mich. Für mich erscheint die Villa leer. Sie ist wie ausgeräumt, obwohl ich die Gegenstände vor mir sehen kann. Als würde ich in einem Haus leben, in dem jemand gestorben war. Und ich fühle nichts. Als wären mein Herz und meine Seele aus Eis.

»Schreibst du eines Tages ein Lied über mich? Über uns?«, frage ich ihn. Er hält inne und versucht mit allen Mitteln, von der Konversation zu flüchten. Ich sehe, wie er den Augenkontakt mit mir nicht halten möchte.

Er probiert es mit der klassischen Notlüge: »Ich habe leider keine Zeit, mein Schatz. Aber wenn ich Zeit dafür finde, dann schreibe ich eins für dich. Versprochen« oder »Meine Liebe zu dir kann ich unmöglich in Worte fassen«

Ich koche innerlich vor Wut, vor Verzweiflung, Demütigung, aber verstecke es geschickt mit einem gleichgültigen Nicken. Ich möchte ihn nicht mit meinen Gefühlen konfrontieren. Vielleicht möchte ich genauso wenig mit *seinen* Gefühlen konfrontiert werden, mit seiner Arbeit, mit meinem Neid, dass er dauernd unterwegs ist, dass er mit anderen kooperiert und Kontakte knüpft, dass er von der Welt gesehen und gehört wird, während ich in seinem Schatten stehe und mich vor dem Licht verstecken muss.

Ich muss akzeptieren, dass er sein Leben hat und ich meins, obwohl ich mir immer gewünscht habe, dass wir es uns teilen, genauso wie wir unser Zuhause teilen. Ich wollte, dass wir unsere Ziele, unsere Träume teilen, unsere Ansichten unsere Geheimnisse, unsere Ängste, Alles.

Ich schaue mir wieder den Ring an, der mich anfunkelt. Ich vergesse, dass er nicht nur mit mir, sondern ebenfalls mit seiner Arbeit liiert ist, mit dem Rampenlicht, mit seiner Kunst.

Ich möchte weinen, in meinen Tränen ertrinken, mich an seiner Schulter ausheulen. Ich frage mich, ob er es merken würde, wenn ich vor ihm einfach zusammenbrechen würde. Am Ende bin ich ihm egal. Alles, was er mir gesagt hatte, dass er dachte, dass wir füreinander bestimmt wären, dass er niemanden so sehr und so stark geliebt hatte wie mich, war bestimmt gelogen, erfunden.

Er kauft mir die teuersten Dinge, um mir vorzutäuschen, dass ich ihm wichtig bin, um mich abzulenken, um mich ruhigzustellen, als wären sie Drogen, Medikamente.

Heute habe ich Geburtstag. Er hatte versprochen, dass er mich abholt und dass wir dann irgendwo hin fahren. »Wohin?«, hatte ich ihn gefragt. »Eine Überraschung«

Ich schaue erwartungsvoll, aufgeregt aus dem Fenster. Ich habe nichts zu tun. Seitdem wir zusammen sind, komme ich zu gar nichts. Alles, was ich tue, ist auf ihn zu warten.

Langsam fange ich an zu glauben, dass das nur eine Ausrede war, weil ihm nichts eingefallen ist.

Er verspätet sich. Eine Stunde. Zwei Stunden.

Ich klappe meine Puderdose auf, betrachte mich im kleinen quadratischen Spiegel. Überteuerter Schmuck zieren meine Ohren, meinen Hals. Augen, die ich mit dem Lidstrich verziert hatte, den diese eine Schauspielerin ebenfalls trägt, die Luc früher mal so sehr mochte.

Ich schaue mir zu wie ich meine pummeligen Wangen kneife, um abzumessen wie viel Haut und Fett dort wohl enthalten ist.

Und ich erinnere mich wieder an diesen Traum, den ich letztens hatte. Ich war ziemlich dick, so richtig fett. Ich habe auf meinen nackten Körper heruntergeschaut und meine dicken Oberschenkel betrachtet. Das Fett hing herunter.

Luc kam auch in dem Traum vor. Dort sah er aus wie eine wohlproportionierte, ästhetische Statue, während ich neben ihm total riesig vorkam. So schwer, so rund, so plump. Ich fing an, mich vor mir selbst zu ekeln, vor dem ganzen Fett auf meinem Körper.

Mit Herzrasen war ich aufgewacht, rannte zum Spiegel, betrachtete meinen Bauch, meine Hüften, mein Gesicht und war erleichtert, dass ich *in echt* nicht so aussah wie im Traum.

Ich hörte auf zu essen. Ich hatte einfach keinen Hunger, keinen Appetit mehr. Die Angst, eines Tages so auszusehen wie in diesem Albtraum, zwang mich, nicht mehr zu essen.

Doch am Ende verlor ich doch die Kontrolle, versuchte meine Verzweiflung, meinen Mangel zu unterdrücken. Ich stopfte alles mögliche in mich hinein, weil dieser unersättliche

Hunger nach Liebe, nach Aufmerksamkeit erwachte, den ich von Luc nicht bekam. Ich aß, bis mir übel wurde. Aber ich durfte nicht erbrechen. Ich musste alles brav in mir drinnen lassen. Auf keinen Fall dürfte etwas rauskommen.

Ich glaube, Luc liebt mich weniger und weniger, weil ich dicker werde, weil ich nicht so bin, wie die anderen Frauen auf den Fotos im Internet.

Ich sehe ihn neben perfekten Models posieren. Er neben attraktiven Schauspielerinnen, Musikerinnen, die anscheinend keine Zeit hatten zu essen, sich unnütze Gedanken zu machen, von dem, was andere von ihnen halten könnten. Sie hatten anscheinend keine Zeit, sich mit Süßkram und Alkohol zu betäuben, den Lärm in ihren Köpfen zu mindern, wie ich.

Sie sehen neben ihm so wunderschön aus. So schön werde ich wohl niemals sein, weil es keine Bilder von *uns* gibt. Von ihm und mir. Die musste ich mir selbst zusammenbasteln auf meinen Collagen.

Wenn wir zusammen sind, vergesse ich, dass ich ein Handy habe. Ich versuche, die Momente in vollen Zügen zu genießen, zu inhalieren, bevor sie verklingen. Es gibt genug Leute, denen ich sie präsentieren wollen würde, vor denen ich mit Luc angeben, sogar prahlen würde. Ich wollte Luc *allen* zeigen und ich wollte, dass er ebenfalls zeigt, dass wir beide miteinander verbunden sind. Ich wollte, dass er allen verkündet, wie stolz er auf mich ist und mit mir angibt, dass er so ein Glück hat, mich zu kennen, mich zu haben, mich zu lieben.

Das verbat er mir. Er sagte immer, ich sei sein wertvollster Schatz. Er wollte nicht, dass fremde, gierige Augen mich sahen, dass man mich stehlen könnte, dass man ihn um mich beneiden würde, dass ich lieber ein Geheimnis bleiben sollte, dass man das empfindliche Glück, das man zusammen hatte, nicht teilte.

Ich glaube ihm nicht mehr. Ich glaube kein einziges Wort, das aus seinem Mund herauskommt. Ich fange an alles zu hinterfragen.

Draußen höre ich ein Hupen. Kurz vergesse ich meinen Ärger, meine Einsamkeit.

Ich steige in sein Auto, entnehme ihm sofort einen riesigen Strauß mit roten Rosen. Er drückt mir eine Schachtel in die Hand.

»Alles Gute zum Geburtstag, Liebling«, grinst er.

Ich täusche ein Lächeln vor. Wo warst du so lange? Was hast du gemacht?, wollte ich verzweifelt fragen. Ich habe so lange gewartet, ich dachte, du weißt, dass ich es hasse zu warten, wollte ich ihm vorwerfen.

Ich halte mich mit allen Kräften zurück. Eines Tages würde alles herauskommen. Ich würde mich eines Tages ausheulen und alles auskotzen müssen. Die Verzweiflung, die Angst, nicht gut genug zu sein. Die Angst, dass unsere Liebe vergänglich ist, dass ich für ihn nur eine einmalige Sache war und dass ich mich nicht gehört, nicht gesehen fühle.

Ich versuche, ihn zu fangen und er entwischt mir, ehe ich ihn festhalten kann. Er verschwindet und bleibt für mich wohl für immer unerreichbar. Für immer das Idol in meiner Geschichte, von dem ich eigentlich gar nichts weiß, obwohl es mit mir zusammenlebt.

Sein Handy leuchtet auf. Eine Benachrichtigung. Er nimmt es sofort in die Hand, blendet mich aus.

Ich sage nichts, möchte diesen Tag nicht zerstören, die Stimmung nicht herunterziehen. Ich möchte nicht, dass der Tag mit einem Streit endet. Und jetzt muss ich wirklich mein Bestes geben, nicht auseinanderzufallen wie ein Kartenhaus.

»Ich hoffe, es gefällt dir«, sagt er mit einem Hauch Gleichgültigkeit und Stolz, dass er sich das alles leisten kann, während er nebenbei an seinem Handy tippt. Er prahlt fast damit, dass es ihm leichtfällt, mir solche Geschenke zu machen, die sich andere nicht einmal mit ihrem Jahresgehalt leisten können.

Vorsichtig öffne ich die Schachtel. Ein diamantenbesetztes Collier funkelt mich an. Ich habe schon so ein ähnliches. Es ist so wunderschön. Ich spüre wie meine Augen feucht werden. Ich versuche die Tränen wegzublinzeln, doch es gelingt mir nicht.

Eine rollt mir die Wange herunter. Es ist zu spät. Die Maske fällt. Die Fassade bricht zusammen. Er blickt kurz zu mir.

»Aber, Schatz, warum weinst du?«, fragt er, legt das Handy zur Seite. Tatsächlich ist er besorgt. Das hatte ich an ihm vermisst, diese Fürsorge, diese Wärme. Das ist der Luc, den ich einmal liebte.

Ich spüre, wie meine Mascara verschwimmt. Am eigenen Geburtstag zu weinen, bringt Unglück. Ich fange an innerlich vor Angst und Sorge zu zittern. Unglück kann ich gerade nicht gebrauchen.

Ich beäuge die unberührten Diamanten, fühle gleichzeitig einen Stich in meinem Herzen. Ich spüre Schuld, dass ich tief im Inneren undankbar bin, dass ich mich nicht mehr über so ein Geschenk freuen kann, weil ich genug davon habe. Ich habe diese überteuerten Geschenke so satt, sodass ich die Magensäure fast in meinem Rachen spüren kann. Obwohl es so viele Mädchen, so viele Frauen da draußen gibt, die mich gerade in diesem Moment beneiden, sogar über Leichen gehen würden um an meinem Platz zu sein.

Am liebsten hätte ich ihn geschüttelt, ihm den Kopf abgerissen, angeschrien, verflucht. Ich will das alles nicht!, hätte ich gekreischt, bis ihm die Ohren abfallen würden. Ich möchte gesehen und gehört werden! Ich habe schon längst verstanden, dass du reich bist! Ich will deine Liebe, deine Aufmerksamkeit, deine Anerkennung! Ich will, dass du mir wieder sagst, was ich dir bedeute, *ob* ich dir etwas bedeute. Verdammt, warum verstehst du es nicht?

»Hab ich etwas falsch gemacht?«, fragt er. Ich kann nur den Kopf schütteln. Ich will einfach nur aus dieser Situation flüchten. Es zieht mich nach Hause. Ich will mein enges Kleid ausziehen, meine Füße aus den drückenden Schuhen befreien. Ich möchte mich hinlegen, schlafen und träumen von ihm, von mir, von uns, von damals.

»Es ist so schön, dass es mich zu Tränen rührt«, hauche ich. Er scheint sich plötzlich für meine Gefühle zu interessieren. Er nimmt mich in den Arm und ich spüre seinen Atem, seine Hände an meinem Rücken. Dabei muss ich schluchzen, seinen Blazer einnässen, weil ich ihm nicht mehr glaube. Ich glaube nicht, dass ich ihn noch interessiere, dass er mich noch hübsch findet, dass ich ihm noch irgendetwas bedeute. Sein Trost ist nur eine Einbildung.

Alles, was ich wollte, war ein Lied, ein Gedicht, ein Wort, eine Seelenregung auf Papier. Etwas, das mir zeigt, wie sehr er mich liebt. Ein Stück seiner Seele, seiner Liebe, seiner Wertschätzung, das ich irgendwo aufbewahren könnte. In einer kleinen Schachtel, oder einer Truhe. Ich stelle mir vor, wie ich diese Truhe öffnen würde, wenn ich ihn wieder vermissen würde, dann könnte ich die Briefe, Texte durchlesen, die er für mich verfasst hatte, die Polaroidbilder, Schnappschüsse von uns beiden betrachten, die nicht existieren. Ich würde spüren, dass er mir nah ist, dass er an mich denkt. Ich hätte etwas, woran ich mich festhalten könnte. Die Kälte wäre nicht mehr so unangenehm. Der Schmerz und die Sehnsucht wären nicht mehr so bitter und herzzerreißend. Diese kleinen Kunstwerke wären schon ein kleiner Beweis, dass ich ihm wichtig bin, dass ich ihm dazu bringe etwas zu fühlen, an mich zu denken. Eine kleine Verewigung, dass er mich liebt, dass wir verbunden sind, dass er das gleiche fühlt wie ich für ihn.

Das ist alles, was ich will, wonach ich mich sehne. Ich wünsche mir, dass er mir sein Herz wieder ausschüttet. Genauso, wie er sein Herz und seine Mühe in seine Kunst steckt.

Das wären für mich echte Schätze, dessen Wert ich gar nicht berechnen könnte. Unverkäuflich. Unbezahlbar. Wenn mein Haus abbrennen würde, würde ich diese imaginäre Truhe mit den nicht existenten Briefen samt Erinnerungen retten und dabei fast amüsiert zusehen, wie meine Kleidung, mein Schmuck, die ganzen Möbel in Flammen aufgehen würden. Ich müsste am nächsten Tag nur in den nächsten Laden gehen, meine Karte zücken und die identischen Kleider wieder kaufen, sie mit den verbrannten Sachen ersetzen, die zu Asche wurden.

Dann würde ich wieder auf Luc warten. Ich kann es nicht ausstehen, auf etwas zu warten, aber ich verbringe mein halbes Leben damit, auf etwas zu warten, vor allem auf Luc, bis er wieder kommt und mich vor irgendetwas rettet...

Wir sind zuhause. Arm in Arm liegen wir da und schweigen uns an. Je näher ich ihm komme, desto weiter distanziert er sich.

Ich drehe mich zu ihm um. Da ist etwas in mir, das mich quält, das mich einfach nicht loslässt, das mich sonst nicht schlafen lassen wird. Ich schaue in seine Augen, die mich anfunkeln, die in meine Seele starren. In meinem Kopf wäge ich ab, ob ich diesen Moment zerstören und es einfach ansprechen oder, ob ich lieber einen besseren Moment heraussuchen sollte.

Langsam habe ich es echt satt, mich anzupassen, ihm wie ein Hündchen zu gehorchen, dauernd Angst zu haben, ihn zu enttäuschen. Ich habe genug davon, meine Bedürfnisse hinten anstellen zu müssen. Ja nicht Luc damit belasten, denke ich, ja nicht Luc damit belästigen, denn er hat zu tun, denn er ist sensibel, das hat später noch Zeit.

Ich öffne den Mund und die Wörter fließen einfach so impulsiv heraus, ohne, dass ich es kontrollieren kann:

»Ich habe ja heute Geburtstag, deshalb möchte ich, dass du mir einen kleinen Gefallen tust«, flüstere ich ihm zu.

»Und das wäre?«, fragt er neugierig, mit strahlenden Augen.

»Erzähl ihnen von mir. Sag, dass du vergeben bist. Sag ihnen, dass es jemanden gibt, der auf dich wartet, wenn du nach Hause kommst. Sag ihnen, dass du mich liebst. Sag, dass es nur mich gibt. Sag-«

»Das kann ich nicht«

Seine Stimme hallt in meinem Kopf. Plötzlich ist es still. Als hätten sich die Wörter in meinem Kopf eingraviert. Als hätte man mich kurz geschüttelt. *Das kann ich nicht.* Es hat mich aus dem Konzept gebracht. Ich weiß nicht mehr, wie ich weiterbetteln soll. Ich verziehe mein Gesicht, spüre wie mein Herz rast und öffne den Mund.

»Du weißt ganz genau, warum ich das nicht kann«, fügt er hinzu, ehe ich etwas sagen kann.

»Nein, ich weiß es eben nicht«

Er holt tief Luft.

»Ich dachte du weißt, wie viele weibliche Fans ich habe, die besessen von mir sind, ohne die ich meinen Lebensunterhalt nicht verdienen könnte. Sie hängen viel zu sehr an mir. Sie würden alles dafür tun, dass sie deinen Platz bekommen könnten. Sie würden dir Drohbriefe schreiben. Sie würden dich umbringen wollen. Ich will doch nur, dass du in Sicherheit bist«

Ja, genau. Sicher. Isoliert.

»Deine ganzen Geschenke hast du ihnen zu verdanken. Ohne sie bin ich ein Nichts, ein Niemand. Und ich möchte ihre Leben, ihre Illusionen nicht zerstören«

Ich erinnere mich daran, dass ich tatsächlich eine von diesen Fans war. Mir wird schlecht. Ich schäme mich. Früher oder später wird das auch noch herauskommen…

Ich erinnere mich an die Mädchen, die auf dem Parkplatz zusammengebrochen sind. Irgendwie verspüre ich gerade Mitleid für diese unschuldigen Teenager und fühle mich ein bisschen wie sie. Dass ich dauernd mein Bestes geben muss, um mit ihm auf Augenhöhe zu sein. Es ist langsam anstrengend und energieraubend, immer mehr geben zu müssen, um ihm dauernd zu gefallen, obwohl ich ihm quasi schon gehöre.

Viel zu oft wünsche ich mir, dass er nicht berühmt wäre. Er wird mir für immer einen Schritt voraus sein. Er wird immer so viel besser sein als ich, egal, was er tun würde. Alles, was mit ihm zu tun hat, stellt sich direkt in ein besseres Licht. Seine Welt ist nicht meine.

Ich habe mich so sehr auf ihn fokussiert, dass ich mich selbst vergessen habe. Ich dachte, ich hätte mich in ihm gefunden, doch jetzt verliere ich mich in ihm. Und seine kleinen Verehrerinnen wissen nichts von mir. Rein gar nichts. Sie haben keinen blassen Schimmer von der Wahrheit und versuchen ebenfalls ihr Bestes, dass er sie wenigstens eines Tages *bemerkt*.

»Also, willst du, dass sie weiterhin alle in ihrer Illusion leben. Das heißt, dass du sie alle anlügst, dass du noch zu haben bist, obwohl du es nicht bist?«

»Nein, so hab ich das nicht gemeint«

Ich frage mich wieder, ob er eine zweite Chloé neben mir hat und mich genauso anlügt wie seine Fans.

»Liebst du mich eigentlich noch?«

»Natürlich tue ich das«, sagt er und schaut mich fast ängstlich an. Ich lächle nicht. Ich analysiere ihn einfach nur, um eine Lüge zu entlarven, einen verräterischen Blick.

Und ich hasse mich dafür, dass ich undankbar bin, dass ich alles habe, wovon andere nicht einmal träumen können. Eine unerschütterliche Furcht überkommt mich wieder, dass ich zu einer Selbstverständlichkeit geworden, dass ich ersetzbar bin und er mit mir alles machen kann, weil er ja der Luc ist, von dem alle schwärmen und ich die Chloé bin, die fast niemand kennt. Und ich hasse mich, dass ich meinen Wert vergesse, dass ich meinen eigenen Wert für ihn senken lasse, damit er neben mir strahlen kann, weil ich weiß, wie wichtig der Ruhm und der Mittelpunkt für ihn ist. Ich teile alles mit ihm. Warum teilt er mit mir nicht wenigstens das Rampenlicht?

»Schämst du dich etwa für mich? Findest du mich nicht mehr hübsch?«

Er öffnet den Mund, um etwas zu sagen. Sofort unterbreche ich ihn: »Du hast gesagt, dass du wirklich alles für mich tun würdest. Das hast du mir versprochen. Warum kannst du diese kleine Sache nicht auch tun, wenn ich es von dir verlange?«

Er überlegt. Die Umgebung verschwimmt.

Aber ist es nicht ironisch? Er ist meine Inspiration. Ich mache Kunst wegen ihm. Ich mache Gewinn durch ihn und muss meine Werke, alte Portraits von ihm verstecken. Langsam häufen sich die Bilder, die ich unter Tüchern verhüllen muss, damit er und niemand sonst sie sieht. Und somit wächst auch die Angst, die mich verschlingt, dass ich ihn eines Tages enttäuschen werde, dass er eines Tages herausfindet, wer ich eigentlich bin, dass ich ebenfalls die ganze Zeit gelogen hatte und jeden Tag mit dieser Lüge lebe.

Eigentlich lebt er in derselben Illusion wie ich.

»Du hast erzählt, dass du dich nicht mehr auf den Gewinn konzentrieren möchtest, dass du das alles für dich, für die Kunst machst und dass ich deine Muse bin. Ist das alles nur eine Lüge? Ist das ein Teil der Illusion, die du deinen Fans verkaufst? Die du auch mir versuchst zu verkaufen? Bist du eigentlich noch der Luc, in den ich mich verliebt habe? Oder liebe ich nur ein Bild, eine Vorstellung von dir? Und jetzt muss ich den Preis dafür zahlen, dass ich da reingefallen bin«

Das alles werfe ich ihm vor. Ich achte nicht mehr auf die Worte, die ich vor mich hinsage. Ich fühle mich, als wäre ich alleine und würde mit der Wand sprechen. Ich höre mir selbst fast nicht mehr zu. Alles, was ich geheim gehalten, was ich versteckt hatte, kommt einfach so heraus. Das lasse ich einfach so los, sodass ich meinen Monolog gar nicht mehr rückgängig machen kann.

Ich wache alleine auf. Keine Nachricht, keine Notiz, nichts. Er ist wieder verschwunden und lebt nur noch in meinem Kopf.

Bald findet eine Ausstellung statt. Mein Körper ist fast gelähmt. Schwerfällig schlurfe ich alleine durch mein gigantisches Zuhause. Auf der Treppe sind dunkle, vertrocknete Rosenblüten verstreut. Im Esszimmer stehen abgebrannte Kerzen. Getrocknete Wachsreste kleben auf dem Tisch. Schmutziges Geschirr stapelt sich in der Küche. Ich hole mir eine saubere, weiße Tasse aus dem Schrank, koche mir einen Espresso, gehe rüber ins Wohnzimmer, stolpere fast über die umgekippten leeren Weißweinflaschen auf dem Boden. Auf dem Beistelltisch sind Papierreste von meinen Notizen, Kritzeleien, die ich im Halbschlaf vor mich hingekrakelt hatte. Ich schiebe den Müll zur Seite und stelle meine Tasse auf den Couchtisch. Es ist so still, dass ich nur noch das Ticken der Wanduhr hören kann.

Ich nähere mich dem Plattenspieler, lege eine Platte auf. Sofort ertönt eine romantische Melodie, die den Raum zum Leben erweckt. Warme Töne umschlingen mich, umarmen mich. Ich setze mich auf die samtige Couch und höre so achtsam zu, als würde ich dieses Lied das allererste Mal hören.

Es ist immer dasselbe Lied. *Unser* Lied. Das Stück, das mich immer wieder zurück in die Vergangenheit bringt, zu dem Lokal, in dem wir uns das erste Mal über den Weg gelaufen waren. Das Lied, zu dem wir immer getanzt hatten. Das Lied, das mich immer an ihn erinnert, an sein Gesicht, an sein Lächeln, an seine Stimme. Wenn ich einmal gezwungen werde, nur ein Lied für den Rest meines Lebens hören zu müssen, dann würde ich, ohne zu zögern dieses hier auswählen.

Wenn ich die Augen schließe, verschwinden meine Sorgen, meine Zweifel. Es fühlt sich so an, als wäre Luc wieder neben mir, als würde ich uns wieder tanzen sehen.

Ich zünde mir eine Zigarette an. Die Flamme wärmt kurz meine Hand. Kleidungsstücke auf dem Boden. Ich schaue mich um. Ich weigere mich bewusst aufzuräumen, weil ich die Spuren von ihm, von mir, von *uns* und unseren Erinnerungen und die letzten Überreste unserer Gespräche nicht beseitigen möchte. Solange Luc abwesend ist, möchte ich wenigstens sehen, dass er einmal hier gewesen war. Mir gefällt die Vorstellung, dass er hier alles stehen und liegen gelassen hatte, als würde er zurückkommen. Als ob er nicht gewollt hätte, dass man aufräumt, weil er sonst nicht mehr wissen würde, wo sich die Gegenstände befinden.

Ich blase gelassen den Rauch in die Luft, der sich wie Luc langsam von mir entfernt und sich in Luft auflöst, romantisiere das Chaos um mich herum. Das ist wohl dieses Leben, das sich alle wünschen.

»Chloé«

Ich öffne die Augen. Die Musik ist verstummt. Luc steht mit einem Tablett vor mir und es duftet nach Croissants.

»Schau mal, was ich uns Schönes mitgebracht habe«

Ich schaue mich um. Der Raum ist aufgeräumt. Die Pflanzen sind nicht einmal vertrocknet. Der Boden unter mir glänzt, sodass sich unsere Gesichter dort spiegeln.

Was ist passiert, wo warst du, was passiert hier? Wie hast du es geschafft, so schnell aufzuräumen?, wollte ich ihn perplex fragen. Stattdessen beobachte ich ihn, wie er das Tablett auf den Couchtisch stellt und sich neben mich setzt.

Er sagt mir etwas, aber ich verstehe ihn zuerst nicht. Seine Stimme hört sich so seltsam gedämpft an. Er erzählt, dass er mich vermisst, dass ich doch die ganze Zeit nur im Atelier verbringe und er mich nie sieht, dass er mich nicht beim Arbeiten stören möchte.

Zuerst bin ich mir unsicher, ob ich wirklich ihn höre oder ob ich mir das alles nur vorstelle, ob das nur ein Traum ist, ob es vielleicht das ist, was ich hören will.

Er spricht immer weiter, ohne Halt: »Was machst du da die ganze Zeit alleine dort? Was verheimlichst du mir?«

Das Gleiche würde ich ihm gerne vorwerfen. Vielleicht ist heute ein guter Tag, um mit der Wahrheit herauszurücken. Ich kann doch nicht den Rest meines Lebens ein falsches Spiel mit der Person führen, die mir am wichtigsten ist. Die Zeit drängt. Der Moment kommt näher.

Nein. Nicht jetzt. Nicht heute.

Es ist dunkel, als ich mein Zuhause betrete. Der Mond fällt durch das Fenster und taucht den Raum in ein sanftes Licht. Ich ziehe meine engen Schuhe aus. Die Stille kommt mir einerseits so friedlich, andererseits so drängend vor, nach so einer überwältigenden Ausstellung. So viele Menschen musste ich heute begrüßen, krampfhafte Smalltalks führen, mich einschleimen, nicken, mich für Komplimente verbiegen.

Luc hatte gefehlt. Ich finde es sehr Schade, dass er meine Ausstellungen nie besucht. Dauernd erfindet er irgendwelche Ausreden; dass er sich nicht in den Mittelpunkt rücken möchte, wenn er da ist, weil er ja berühmt ist und so weiter.

Eigentlich ergibt das für mich gar keinen Sinn. Jedes Mal versuche ich ihn vergeblich zu überzeugen, dass ich mich von Herzen freuen würde, ihn zu sehen, dass ich möchte, dass er dabei ist, dass er neben mir steht. Ich versuche ihn mitzuzerren wie ein launisches Kind. Er bleibt stur.

Ich wünschte er würde verstehen, warum mir das so wichtig ist. Immer, wenn ich etwas kreiere, auch wenn es mir nicht immer gefällt, dann muss ich an ihn denken. Dann wird mir immer bewusst, dass ich das wegen *ihm* tue. Das zaubert mir ein Lächeln ins Gesicht. Es erfüllt mich. Alles nur dank Luc. Er macht mein Leben einfach besser. Aber es reicht nicht. Ich möchte, dass nicht nur *ich* ihm gefalle, sondern auch das, was ich erschaffe. Dann würde ich mich vollkommen fühlen. Auch wenn alle anderen meine Kunstwerke hassen würden, wenn die ganze Welt etwas gegen mich hätte, das wäre mir dann egal.

Die Stehlampe im Wohnzimmer wird angeknipst. Mein Herz bleibt fast stehen. Luc sitzt auf dem Sofa. Meine Notizbücher liegen auf dem Tisch. Ich erkenne die Einbände mit den Blumenmustern sofort. Es sind zwei dünne Hefte. Sammlungen meiner intimsten Gedanken, Träume, Wünsche, zu denen niemand sonst Zugang hat. Er starrt auf die Hefte, ohne mich anzusehen. Sein Gesicht ist angespannt, enttäuscht. Wie viel weiß er? Was denkt er jetzt über mich? Ist es das Ende?

Ich wollte noch ein wenig warten, dieses Gespräch noch ein wenig hinauszögern, ins Unendliche. Und jetzt werde ich direkt damit konfrontiert, obwohl ich es gar nicht erwartet hatte. Jetzt schäme ich mich, fühle mich entblößt. Ich wünschte man könnte diese Szene einfach vorspulen, überspringen oder einfach komplett wegschneiden.

Warum heute? Warum jetzt? Bestimmt weiß er alles. Bestimmt muss ich gar nicht erst anfangen, etwas zu erklären, mich zu rechtfertigen. Es ist zu spät.

Ich höre, wie er vor Enttäuschung seufzt.

»Ich hoffe, du hast dich ohne mich gut amüsiert«

Er schaut mich endlich an. Seine Augen bohren sich in meine Seele. Bewegungslos stehe ich da, höre nur mein eigenes Herz schlagen. Das ist das Ende, denke ich. Er hasst mich. Meine Traumwelt bricht zusammen.

Ich bin mir nicht einmal mehr sicher, ob ich antworten oder lieber schweigen sollte. Ich beobachte regungslos wie er das oberste Heftchen, das rote mit den Mohnmotiven, vom Stapel nimmt. Er schlägt eine Seite auf und liest mir meine Notizen laut vor. Und ich fühle mich so, als wäre ich in einem Gerichtssaal, in dem gerade Beweise vorgeführt werden, dass ich eines schweren Verbrechens schuldig sei.

»Für ihn stehe ich jeden Morgen auf. Ich verlasse meine Komfortzone. Ich erschaffe etwas. Ich mache Kunst für ihn. Wegen ihm. Ich kann ohne ihn nicht leben. Er lässt mich Dinge fühlen, die mich sonst niemand fühlen lässt, etwas, was ich kaum in Worte fassen kann. Als gäbe es da draußen jemanden, der das gleiche fühlt wie ich, dieselben Ansichten und Träume hat wie ich, als hätten unsere Seelen eine Verbindung. Ich bin abhängig, er ist meine Droge. Ich wollte ihm ganz nah sein, doch trotz allem ist er unerreichbar. Ein Leben lang werde ich ihn wohl nur aus der Ferne beobachten, für immer nur eine Bewunderin bleiben«

Meine Augen füllen sich mit bitteren Tränen. Jedes Wort, jede Silbe, die er so deutlich, fast theatralisch ausspricht zerbricht mich innerlich. Wie gerne würde ich jetzt verschwinden, mich einfach in Luft auflösen und ihn hier alleine lassen mit meinen Büchern.

»Es fühlt sich so an, als wären er und ich eine Person, eine Seele, die in zwei Hälften geteilt und in zwei Körper verteilt wurde und Gott hat mich bestraft, dass er so weit weg, so unerreichbar für mich ist. Und es ist meine Mission, mein Lebenssinn, ihn zu finden, ihn zu treffen, um ihn zu kämpfen, für ihn zu kämpfen, den Weg zu gehen, der mich zu ihm führt«, rattert er monoton herunter wie ein Drucker, der die Wörter gleichgültig auf Papier druckt.

»Bitte hör auf«, hauche ich verzweifelt, höre, wie zerbrechlich, fast stumm meine eigene Stimme geworden ist. Ich kenne doch meine eigenen Texte, denke ich. Er bemerkt mich nicht, ignoriert mich und liest einfach weiter wie ein Roboter: »Ich frage mich manchmal, ob ich seine Liebe, seine Aufmerksamkeit haben oder ob ich schließlich nur so sein wollte wie er«

Ruhig klappt er das Heft zusammen, legt es beiseite, öffnet das weiße und zitiert: »Ich frage mich manchmal, ob ich ihm gefallen würde, ob er wirklich so ist, wie ich es mir vorstelle, ob ich ihn oder doch nur die Vorstellung von ihm liebe, die am Ende vielleicht nur eine Fantasie, eine Illusion ist. Und ich bin besessen von ihm. Besessen von der Idee von uns, weil ich nicht an Zufälle glaube. Es ist kein Zufall, dass wir so viel gemeinsam haben«

Seine Stimme wird immer verärgerter, voller Zorn und sie dröhnt unerträglich in meinen Ohren.

»Ich habe noch nie jemanden so stark geliebt wie ihn. Und ich kann mir nicht vorstellen, jemand anderes so sehr zu lieben wie ihn. Mein Herz schlägt nur für ihn. Ich wünschte, wir wären zusammen, aber er wird mich niemals bemerken, er wird mich niemals ansehen können, er wird niemals dieselben Gefühle erwidern können. Ich kann seine Liebe nicht erzwingen«

Er blättert um. Es passiert alles so schnell.

»Und was zur Hölle ist das hier? Ist das eins deiner magischen Rituale, oder was?«

Seiten voller wiederholenden Affirmationen, die ich zehnfach, hundertfach, niedergeschrieben habe. So ähnlich, als würde man ein Kind dafür bestrafen, den ein und denselben Satz zu schreiben, damit es aus seinen Fehlern lernt.

Er liebt mich. Er denkt an mich. Er kann ohne mich nicht leben. Er liebt mich. Er denkt an mich. Er kann ohne mich nicht leben.

Es ist mir peinlich. Ich habe mich noch nie so sehr geschämt.

Plötzlich wirft er das Buch energisch durch den Raum, das mit einem dumpfen Knall auf dem Boden landet.

»Verdammt, wer ist *er*? Ich lese die ganze Zeit diese Hefte und weiß nicht, wer *er* ist. Kein Name. Kein Hinweis. Nichts!«, schreit er mich cholerisch an.

Vor Schrecken höre ich auf zu weinen und reiße überrascht die Augen auf. Das waren Notizen über ihn selbst und *er* hatte es nicht einmal verstanden. *Er* hat sich selbst nicht wiedererkannt.

»Ich wusste doch, dass du mir etwas verheimlichst, dass du jemanden neben mir hast. Stimmt das? Sag, dass ich gerade träume, dass das hier nur ein Albtraum ist. Sag, dass das nicht wahr ist. Ich flehe dich an! Ich kann ohne dich nicht leben, Chloé. Alles, was du da geschrieben hast, fühle ich für dich auch. Ich tue so viel für dich. Für uns. Aber das reicht dir wohl nicht, oder?«

Ich sehe sein Gesicht rot anlaufen. Es erschreckt mich. Zum ersten Mal bekomme ich Angst vor ihm, dass er mir etwas antun könnte. Schließlich ist er viel stärker als ich. Auch wenn wir zusammenleben, weiß ich überhaupt nicht, wozu er eigentlich fähig ist.

»Sag mir, wer dieser *er* ist!«

Ich schlucke, versuche meine Gedanken zu sortieren, die Brocken meiner mentalen Verfassung aufzusammeln. Wenn ich sagen würde »Es ist nicht so wie du denkst«, was ich in den ganzen dramatischen Filmen höre, in denen einer den anderen beim Fremdgehen erwischt, dann wäre das zwar nicht gelogen, aber dann würde Luc bestimmt komplett die Fassung verlieren.

Ich hole kurz Luft, bevor ich alles erzähle, meine Gedanken fließen lasse, die zu einem Wasserfall werden, den man kaum stoppen kann.

Jetzt kann ich alles sagen. Jetzt *muss* ich alles loswerden. Es liegt in meiner Hand, diese Lüge, diese Heimlichtuerei endlich zu beenden.

»Ich habe befürchtet, dass das rauskommt«, stammele ich, während er mich mit seinen verbitterten Augen anstarrt, meine Antwort kaum erwarten kann. Komm schon, sag es endlich, steht in seinem Blick geschrieben.

»Das habe ich über dich geschrieben. Das war sehr lange her«

Sein Blick ändert sich sofort, als hätte man einen Schalter umgelegt.

»Ich habe dich schon sehr lange bewundert. Ich habe dich immer aus der Ferne betrachtet. Jahrelang. Es wissen nur die wenigsten. Man hat mich für verrückt erklärt. Ich habe mich selbst für verrückt erklärt, denn ich habe dich jeden Tag geliebt. Ich habe nie aufgehört, dich zu lieben, obwohl ich dich damals gar nicht gekannt habe, weil du damals ein Idol für mich warst. Ich wollte auf niemanden hören. Ich wollte nur dich von Anfang an, denn ich wusste, dass wir füreinander bestimmt sind. Ich war sogar überzeugt davon. Ich war fast wahnsinnig. Ich war so besessen von dir, davon mit dir zusammen zu sein. Ich habe Dinge gefühlt, die andere nicht verstehen konnten. Ich habe gespürt, dass wir so etwas wie eine Verbindung haben. Irgendwie warst du schon immer da. Und wegen dir male ich, wegen dir erschaffe ich Kunst, wegen dir verdiene ich damit. Ohne dich hätte ich mir das alles nicht aufbauen können. Ich weiß nicht, wer ich bin, wer ich sein wollte, wenn du nicht gewesen wärst. Und dann musste ich das alles verstecken, weil ich dich nicht enttäuschen wollte, weil ich nicht wollte, dass du mich zurückweisen könntest, weil ich dein Fan bin und wir dann nicht mehr auf einem Niveau, auf derselben Augenhöhe wären. Ich habe es geplant, dich zu treffen, mit dir zusammen zu sein. Das war schon immer Plan A gewesen. Ich habe es mir gewünscht, dich zu verführen, dir zu gehören«

Ich halte kurz inne, weil ich vergaß zu atmen. In diesem Augenblick, in dem ich so vor ihm stehe, alles gestehe, was ich ihm so lange verschwiegen hatte, was so lange in mir geschlummert hatte, realisiere ich, dass er überhaupt keine Ahnung von mir hatte, von meinen Gefühlen. Genauso wenig wie ich von ihm. Ich war sozusagen genauso unerreichbar.

Ich bin so geworden wie er.

Und jetzt sind wir am Ende angekommen. Das ist wohl das Ende einer Geschichte, die so fantastisch angefangen hatte.

»Nein«, unterbricht er und schüttelt ungläubig den Kopf.

»Das sagst du doch nur so, damit ich mich beruhige, damit ich dir verzeihen kann. Das stimmt nicht. Du lügst. Du bist eine Lügnerin!«

Seine Reaktion hatte ich nicht erwartet. Vielleicht möchte er nicht wahrhaben, dass er sich in einen Fan verliebt hatte.

»Du glaubst tatsächlich, dass ich dir fremdgehen würde? Du unterstellst mir nach so vielen Jahren, dass ich dich einfach aufgeben, vergessen werde, obwohl ich so lange und so hart für dich gekämpft habe? Weißt du überhaupt, wer ich bin? Ich bin eine deiner größten Fans und du hattest keine Ahnung«

»Ich glaube dir kein Wort«

»Dann hast du nicht alles gesehen«, sage ich entschlossen, während wir mein Atelier betreten, umgeben von kreischend bunten Gemälden, abstrakten Mustern, verzerrten Stillleben und Leinwänden voller ausgeschnittenen und beklebten Papierschnipsel, die dem farblosen Raum eine andere Persönlichkeit verleihen. Hinter diesen expressionistischen Werken verstecken sich meine Geheimnisse. Sie sind verhüllt unter weißen Tüchern. Ich habe sie mit samtigen Stoffen verkleidet, die sie vor Licht, vor dem Publikum und vor bösen Blicken beschützen.

Ich nähere mich dem Versteck, stelle ein Bild, das mit roter Farbe überschüttet wurde, zur Seite, verschiebe weitere einfarbige Quadrate, die herausstechen, um den Weg freizuräumen.

Luc beobachtet mich immer noch misstrauisch mit verschränkten Armen. Ab jetzt entscheidet allein seine Reaktion, wie unsere Geschichte weitergehen wird.

Ich lasse die Tücher wie einen Schleier zu Boden fallen. Ich enthülle meine Werke, befreie sie aus ihren Kostümen. Es sind Portraits von Luc, Sammlungen von Bleistiftstudien, Skizzen und farbige Bilder von seinem Gesicht. Ich hatte sie wie ein Fotoalbum auf die Leinwände vor uns arrangiert und geklebt.

Erstaunt mustert er die hundert Abbildungen von sich selbst, als würde er sich in einem Spiegellabyrinth verirren. Ich sehe zu, wie er wortlos einen Schritt näher rückt, das Papier, ohne mich zu fragen, so vorsichtig berührt, als könnte er es zerbrechen. Ich mustere sein Seitenprofil, suche nach einem Geedanken, nach einer Emotion. Die Stille ist so ohrenbetäubend. Er hebt die Augenbrauen.

»Wow«, flüstert er endlich.

»Bin das wirklich ich?«, fragt er mich dann, als er sich zu mir umdreht. Ich sehe ein Strahlen in seinen Augen, in seinem verwunderten Blick.

Ich nicke stumm. Er schaut wieder auf die detaillierten Zeichnungen seines Gesichts, die sich von den anderen Werken um uns herum abheben.

»Chloé«, seufzt er und schüttelt den Kopf.

»Du bist voller Überraschungen. Ich lebe mit dir, aber habe das Gefühl, dass ich dich gar nicht kenne«

Er hält inne. Er wirkt nicht mehr enttäuscht.

»Du hast wirklich Talent«

Ich laufe rot an, von der Überdosis Stolz, dass *er*, Luc Morel, mein Idol, mich lobt. Und ich möchte *noch mehr* Komplimente von ihm. Ich möchte sie sammeln wie Pokale.

»Wirklich! Ich finde diese Bilder zeigen dein wahres Potenzial als Künstlerin. Man sieht, wie viel Mühe du dir gegeben hast, dass du jede einzelne Zeichnung mit Liebe erschaffen hast. Du musst die Bilder unbedingt ausstellen! Du musst der Welt zeigen, was du wirklich kannst. Es ist eine Straftat, eine Sünde, dass du sie deinem Publikum vorenthalten hast!«

»Nein, das kann ich nicht«, unterbreche ich ihn sofort panisch. Die Euphorie löst sich auf.

Ich kann mir nicht vorstellen, diese Kunstwerke wegzugeben, sie an fremden Wänden hängen zu sehen, die nicht mir gehören. Das sind meine einzigen Schätze, die den Wert des Geldes übertreffen, die meine Liebe zu Luc verewigen und sie für immer festhalten. Das ist die Kunst, die mir nicht als Geldmaschine dient. Das ist die Kunst, mit der ich nicht prahlen möchte, sondern am liebsten behalten möchte. Und dass sie Luc gefallen ist alles, was ich jemals wollte. Das ist schon mehr als genug für mich.

Er schaut mich fassungslos an, als würde er gleich sowas sagen wie: »Wie kannst du es wagen, mich so zu unterbrechen?«.

»Du redest von Authentizität und Gewinn. Du sagst, dass man ja Kunst für sich selbst machen müsse und aufhören solle anderen zu gefallen, dabei verheimlichst du allen deine wahren Gefühle. Du lenkst uns alle ab mit deinen verzerrten Gemälden, die man nicht verstehen kann, die jeder so einfach nachmachen kann. Ich verstehe dich manchmal nicht. Du bist ein Rätsel«, platzt es aus ihm heraus. Er blickt kurz leicht selbstverliebt zu den Bleistiftskizzen, die ihm gleichen.

»Ich will, dass du die Bilder ausstellst«, sagt er dann wieder felsenfest.

»Und ich will, dass du deinen Fans sagst, dass wir zusammen sind«

Er lächelt mich schelmisch an und tritt einen Schritt näher zu mir.

»Meinen Fans? Du bist doch auch eine von ihnen. Das steht doch in deinen Büchern geschrieben und hier und da. Ich bin überall. Du lebst nur für mich. Warum hörst du nicht auf mich, wenn ich vor dir stehe, wenn ich keine Illusion mehr für dich bin?«

In meinen Ohren summt es. Ich spüre meine Füße nicht mehr. Seine Stimme klingt irgendwie gedämpft.

»Dir gefallen doch meine Geschenke«, wechselt er das Thema abrupt. Er deutet auf die Kette an meinem Hals, die er mir zum Geburtstag geschenkt hat. Ich nicke benommen, wünsche mir, dass er den Mund hält.

»Ohne meine Fans hättest du das alles nicht. Und ohne mich würdest du auch keine Kunst machen. Ich bin ein Nichts ohne sie und du bist ein Nichts ohne mich«

Du bist ein Nichts ohne mich, hallt es wie ein Echo in meinem Kopf. Ich spüre, wie ich den Arm aushole und wie meine Hand auf seiner Wange landet. Ich gab ihm tatsächlich eine Ohrfeige. Ich gab Luc, meinem Idol, eine Ohrfeige. Ich weiß nicht, was in mich gefahren war. Als ob ich von einer unsichtbaren Kraft gesteuert worden war.

Er hält seine Wange fest und fängt an zu kichern, was so seltsam unheimlich klingt. In mir baut sich ein Gefühl der Reue auf, so eine tiefe, bittere Reue. Am liebsten hätte ich die Zeit zurückgedreht und einfach nur weitergenickt, bejaht. Ja, Luc, ich werde meine Bilder von dir ausstellen. Ja, Luc, ich tue alles für dich. Ja, Luc, du bist besser als ich und ich werde niemals dein Niveau erreichen, lass mich für immer in deinem Schatten stehen. Und ja, Luc, ich werde trotz allem in meinem goldenen Käfig auf dich warten.

»Zuerst schreibst du, dass du ohne mich nicht leben kannst und jetzt behandelst du mich wie Dreck? Und du weißt und wusstest sogar schon immer, wer ich bin«, er hebt den Kopf. Sein voll mit Wut erfüllter Blick bohrt sich durch mein Herz. Seine Augen tragen einen fremdartigen Ausdruck. Ich habe wieder diese Angst vor ihm, fühle mich plötzlich bedroht.

»Hast du etwa vergessen, dass du so abhängig von mir bist? Hast du vergessen, dass ich die Quelle deiner Kunst bin?»

Er nähert sich wieder. Ich weiß nicht, was ich von ihm erwarten soll und versuche mein Gesicht mit meinen Armen zu schützen. Er greift nach meinen Handgelenken. Ehe ich versuche mich zu befreien, mich zu wehren, drückt er mich gegen die Wand. Mein Hinterkopf prallt heftig dagegen. In meinen Ohren summt es. Ich höre meine Stimme, die »hör auf«, schreit, als wäre sie nicht meine eigene.

Niemand kann mich hören. Wir sind isoliert. Wir wohnen an einem abgelegenen Ort. Niemand sieht, was hier vorgeht, was hier passiert. Nur wir zwei gefangen in einer Parallelwelt.

»Nach allem, was ich für dich getan habe, bin ich nicht gut genug für dich? Ich tue alles für dich. Ich gebe dir alles, was du willst, und dann schlägst du mich? Einfach so? War das der Dank dafür? Du undankbares Miststück«

Ich schüttele stumm den Kopf, spüre wie meine Augen sich wieder mit Tränen füllen und wie sich mein Gesicht vor Hilflosigkeit verzieht.

»Es tut mir leid«, flüstere ich hilflos. Bitte, lass mich los, ich tue das nie wieder, hätte ich ihn am liebsten angefleht. Es fühlt sich so an, als hätte mir jemand die Wörter abgeschnitten, sodass ich nicht mehr weitersprechen kann.

»Ja, jetzt tut es dir leid. Daran hast du davor nicht gedacht?«

Er gibt mir einen Schlag ins Gesicht. Meine Wange brennt und fängt an zu beben. Ich kneife meine Augen zusammen, vor Schmerz, vor Angst, dass ich heute sterben könnte, dass er mich heute kaltblütig umbringen könnte.

»Du tust mir weh«, kommt aus mir schwach heraus. Es kommt mir alles so vor, als wäre ich in einem schrecklichen Albtraum und wünsche mir sehnlichst aufzuwachen, die Zeit noch weiter zurückzudrehen, weit vor dem Treffen, noch vor der Obsession, zurück zu dem Moment, bevor ich noch sein erstes Lied gehört hatte. Ich wollte das alles nicht.

»Du bist nur ein dummer Fan wie alle anderen. Ihr seid doch alle gleich. Was willst du jetzt machen? Zur Polizei gehen? Niemand kennt dich. Niemand wird dir glauben. Alle werden denken, dass du die Kranke bist«

Ich schluchze. Das ist nicht Luc, der mit mir spricht, denke ich und rede mir ein, dass Luc ganz anders ist. Der Luc, den ich kenne, würde so etwas niemals sagen.

Ich lasse alte Bilder vor meinem geistigen Auge aufleuchten, als wir uns das erste Mal gesehen hatten, dass es direkt gefunkt hatte, wie wir miteinander gesprochen hatten, wie friedlich das doch war, so harmonisch. Wie wir am Meer waren und im kalten Wasser schwammen. Wie wir so fröhlich in seinem Cabrio durch die Straßen gefahren waren, wie meine Haare im Wind geweht hatten. Wir hatten Radio gehört und er hatte mir irgendwelche Anekdoten über die Musiker erzählt, dessen Lieder wir hörten. Dann wurde eine bekannte Melodie gespielt.

»Luc, das ist dein Lied im Radio!«, hatte ich vor Freude gerufen. Er hatte nur gelächelt und scherzhaft gesagt: »Oh nein, das Lied mag ich nicht einmal so sehr«

Ich hatte lauter gedreht und schief mitgesungen. Es war ein altes Lied. *Mit dir gehe ich bis zum Ende. Für dich würde ich alles tun.*

Diese Erinnerungen blitzen nacheinander im Zeitraffer auf und kommen mir alle so surreal vor, wie ein Traum, wie eine unrealistische Fantasie. Alles war wie erfunden. Wir hatten in einer gemeinsamen Lüge gelebt.

Luc hatte sich entschuldigt, hatte mich angefleht, ihm zu verzeihen, dass das nie wieder passieren würde. Er war auf die Knie gegangen. Niemals in meinem Leben hätte ich gedacht, mir sogar nur vorstellen können, dass Luc Morel, die Person, die ich immer auf ein Podest gestellt hatte, mich derartig anfleht.

»Ich kann mir vorstellen, dass du mit so einem Monster wie mir nichts mehr zu tun haben willst. Ich liebe dich. Bitte verlass mich nicht! Versprich es mir!! Ich kann ohne dich nicht leben!«, hatte er mich voller Reue angefleht, als wir dann gegenüber auf dem Boden saßen. Es war so still, man konnte nur noch das Ticken der Standuhr hören. Ich hatte das Blut von meinen Lippen gewischt und gesagt: »Es wird alles gut werden. Ich habe keine Angst vor dir. Wir stehen das durch«

Ich hatte gelogen, denn ich hatte große Angst.

Ich gehe die Szene in meinem wieder Kopf durch, als ich vor dem Spiegel stehe und mein verletztes Gesicht, verziert mit Wunden, die mit weißen Pflastern beklebt sind, mustere. Es ist meine Schuld, denke ich. Er hatte recht und das wollte ich einfach nicht wahrhaben. Ich hatte ihn ja provoziert. Und jetzt hat er Schuldgefühle wegen mir. Meine Augen sind rot und geschwollen vom Weinen.

Jetzt wäre eigentlich der perfekte Zeitpunkt, alles hinter mir zu lassen und zu verschwinden. Ein Mann, der so plötzlich bedrohlich geworden ist, der mir so wehtut, wird damit niemals aufhören, warnen alle. Er wird seine Macht immer wieder ausnutzen.

Es wird morgen wieder passieren, wenn ich etwas Falsches sage, wenn ich mir nur einen ganz kleinen Fehler erlaube. Und dann wird er wieder sagen, dass es nie wieder passieren wird. Ich werde ihm immer wieder glauben, bis er wieder seine Hand gegen mich erheben wird. Das wird wie in Dauerschleife passieren. Es wäre also vernünftig zu verschwinden. Ich muss es tun. Aber ich will nicht.

Luc ist anders. Ich möchte bei ihm bleiben. Für immer. Das habe ich versprochen. Nicht nur ihm, sondern mir selbst. Auch wenn ich Wunden und Narben in meinem Gesicht tragen muss. Ich würde alles für ihn tun und frage mich heimlich, wie es wohl gewesen wäre ihn nicht zu kennen, ihn nicht kennengelernt zu haben.

Luc hatte danach meine Wunden verarztet. Er hatte sie vorsichtig mit Desinfektionsmittel abgetupft. Bevor er sie mit Pflaster versehen hatte, hatte er gesagt: »Ich bin zwar kein Arzt, aber ich gebe mein Bestes, Liebling«.

Er war so behutsam vorgegangen, als wäre ich eine Porzellanpuppe gewesen und er müsste meine Scherben zusammenkleben. Eine Seite von Luc, die ich kannte, die ich liebte. Fürsorglich, sensibel. Ich glaubte damals und glaube immer noch, dass es nur eine einmalige Sache gewesen war. Nächstes Mal werde ich versuchen meinen Mund zu halten, mich zu kontrollieren, auch wenn mir nicht immer gefällt, was er sagt.

Er ist die Person, die mir immer überlegen sein wird, egal, was passieren wird. Auch wenn ich berühmter, beliebter und zehn Mal so reich wäre wie er. Er wird für mich immer ein Idol bleiben. Und bald werde ich es allen zeigen müssen, mich selbst bloßstellen, weil *Luc* das so will. Ich darf mich nicht mehr weigern. Egal, was ich tue, ich tue mir selbst weh.

Ich stelle mir vor, wie ich alleine im Atelier wäre und ihn weiterhin bewundern würde, so wie früher. Ahnungslos. Nicht wissend, wo er gerade ist, was er treibt. Nicht wissend, was für eine Person er wirklich ist, wozu er wirklich fähig ist. Ich würde mich jede Nacht in den Schlaf weinen und mir etwas vorstellen, was nicht existiert, ein ideales Leben mit Luc, der ein idealer Partner wäre, den die Welt kennt, der nur mir, *mir allein* gehört. Ich bezweifle immer noch, dass ich jemanden so stark lieben könnte, der nicht Luc ist.

Ich glaube, dass es für jeden nur einen einzigen Seelenpartner gibt. Und Luc ist eben dieser Seelenpartner, meine Dualseele, die niemand ersetzen kann. Neben ihm gibt es keine zweite Person oder kein zweiter Luc, der für mich bestimmt ist.

Und jetzt, wenn ich mein geschwollenes Gesicht betrachte, wünsche ich mir, dass ich ihn eines Tages vergessen kann. Vergessen, wie seine Stimme klingt, vergessen wie er aussieht. Ich wünschte, ich könnte das Gefühl vergessen, das er mir immer wieder gibt. Und ich wünschte, ich könnte mein Schicksal ändern.

Wenn ich mit jemand anderem glücklich werden könnte, dann wäre es eine Lüge, die ich mir selbst einrede. Egal, was passieren wird, ich kann Luc nicht vergessen. Er wird mich für immer wie einen Schatten verfolgen. Ich werde ihn ewig mit allem und jeden vergleichen.

Ehrlich gesagt, weiß ich nicht, was schmerzhafter ist: Die Wunden in meinem Gesicht, die Flecken auf meiner Haut, die mich an meine Besessenheit erinnern, oder, dass Luc eines Tages aufhören könnte, mich zu lieben.

Wenn er mich nicht lieben würde, wenn ich ihm wirklich egal wäre, dann würde er mich nicht so festhalten, dann würde er mich nicht so verletzen und nicht so bestrafen. Wir verletzen uns gegenseitig. Liebe tut weh.

Ich trage mein kurzes schwarzes Kleid, das mir zu eng anliegt. Ich kann mich darin kaum bewegen. Dauernd muss ich an dem Stoff ziehen, damit ich nicht zu viel von meiner Haut, von meinen Oberschenkeln zeige. Luc hatte drauf bestanden, dass ich es heute Abend anziehe. Ich wollte nicht schon wieder streiten und machte einfach das, was er mir befahl.

Wir stehen zusammen auf der Tanzfläche, verlieren uns im Rhythmus, während die tiefen Bässe brummen und das Licht im Takt blitzt. Der Raum ist voll, was mir egal ist. Es ist als wären er und ich alleine. Unsere Hände berühren sich und wir lachen. Ich vergesse, was passiert ist, was wir letztens durchmachen mussten, spüre eine Erleichterung, dass alles wieder so ist wie früher.

Wenn wir zusammen sind, dann sind mir fremde Blicke egal, weil ich weiß, dass Luc *da* ist. Wir gehen zur Bar und trinken etwas. Er bestellt Getränke, schaut mir dann tief in die Augen.

»In einem vollen Raum, wie hier, würde ich nur nach dir suchen«, sagt er mir charismatisch ins Ohr. Wir stoßen an. Ich nippe an meinem Drink, obwohl ich mich ohne Alkohol schon berauscht fühle, von der Musik, von seiner Anwesenheit. Am liebsten wäre ich jetzt ganz alleine mit ihm.

Da wendet er kurz den Blick von mir ab, schaut rüber zu irgendwelchen Leuten in der Ferne, die ihm zuwinken.

»Oh, warte, da sind ein paar Freunde von mir. Ich muss sie begrüßen. Ist es in Ordnung, dass ich dich hier kurz alleine lasse? Ich bin gleich wieder da!«

Ohne auf eine Antwort zu warten, eilt er zu ihnen. Ich nicke benommen und beobachte wie er, komplett in schwarz gekleidet, sich seinen Weg durch die tanzende Menge bahnt. Das blinkende Licht betont den Glitzer der Kleidung der Menschen auf der Tanzfläche, die ihn nicht zu erkennen scheinen.

Ich bemerke jemanden, der abwechselnd, aber recht drängend zu mir rüber schaut, meine Hand, mein Gesicht, meinen

Körper analysiert, beäugt. Ich tue so, als würde ich ihn zuerst nicht wahrnehmen.

In der Ferne beobachte ich Luc mit seinen angeblichen Freunden, die an einer Wand lehnen, Worte miteinander wechseln. Ich analysiere ihre Gesten, wünsche mir in diesem Moment, dass ich Lippen lesen könnte. Einer von ihnen legt einen Arm um seine Schulter und sagt etwas. Luc schaut kurz zu mir und nickt mir zu, als würde er mich beruhigen und signalisieren wollen, dass es nicht so lange dauern wird. Ich nicke ihm zurück.

»Hey, du bist mir echt positiv aufgefallen«, unterbricht mich der Fremde. Ich schaue ihn an. Dunkle Haare, Augensäckchen. Bestimmt ist er zwanzig Jahre älter als ich.

»Danke«, antworte ich desinteressiert, schaue wieder zur Wand, um Luc im Auge zu behalten, versuche den Mann vor mir gar nicht mehr zu beachten, der mir etwas erzählt. Er hat Mundgeruch. Eine Mischung aus Organversagen und Nikotin. Er hat etwas Abstoßendes an sich. Ich blende ihn einfach aus, bekomme aber noch mit, wann ich nicken und bejahen muss, um nicht unhöflich zu wirken, stelle mir nebenbei vor wie Luc und ich den Club gleich verlassen werden. Er wird mir draußen seinen Blazer geben, damit ich nicht friere. Arm in Arm werden wir dann durch die Straßen in der kühlen Nachtluft laufen.

»Kannst du mir deine Nummer geben?«, höre ich deutlich aus dem Monolog heraus, der von energischen Beats begleitet wird.

Ich bin wieder in der Gegenwart und schaue den Mann vor mir sprachlos an. Unkontrolliert fange ich an zu lachen. Weißt du überhaupt, wer ich bin und mit wem ich zusammen bin?, würde ich ihn am liebsten fragen.

»Nein«, rufe ich heiter und lache weiter. Er runzelt verärgert die Stirn.

»Für wen takelt ihr euch Frauen dann so auf?«, brummt er.

Ich schaue wieder zu Luc und versuche anhand meiner Blicke zu kommunizieren, dass er sich beeilen soll. Da spüre ich eine Hand an meinem Körper.

»Du gibst mir jetzt deine Nummer!«

»Ey, geht's noch?!«, schreie ich und stoße ihn mit einer Hand angewidert weg von mir, sodass er zurückweicht. In der anderen Hand verschütte ich aus Versehen ein wenig von meinem Drink.

Ich schaue verzweifelt zu Luc, der mich wie gelähmt anstarrt, aber nichts unternimmt, nicht eingreift, obwohl er es tun könnte. Ich bemerke eine Kälte, eine Gleichgültigkeit in seinem Blick. »Sorry«, glaube ich an seinen Lippen herauslesen zu können. Es erscheint mir alles so surreal, als würde alles in Zeitlupe ablaufen, sodass ich meine Gedanken innerlich glasklar schreien hören kann.

Wie kannst du mich hier nur alleine lassen? Wie kannst du mir das antun? Warum bist du nicht da, wenn ich dich brauche?

Es kommt mir immer noch so vor, als würde ich seine dreckige Hand wie einen Abdruck, wie einen Stempel auf meiner Haut spüren. Luc dreht sich dann wieder zu seinen Freunden um und lächelt amüsiert, als hätte man wieder einen Schalter umgelegt. Ich kann nur zusehen wie die Menschen in Glitzerkleidung um uns herum vergnügt zu der euphorischen Musik tanzen, während mein Blut innerlich vor Wut kocht.

»Ich bin nicht alleine. Ich habe jemanden«, rufe ich. Obwohl ich mich so eklig fühle, spüre ich trotz allem einen kleinen Funken Stolz, dass es nicht nur ein »jemand« ist, sondern Luc Morel, den ich ihm jetzt endlich zeigen kann. Endlich kann ich es ihm heimzahlen.

»Er ist da drüben, den kennst du bestimmt«.

Ich höre, wie meine eigene Stimme in der dröhnenden Musik untergeht und zeige mit meinem Finger triumphierend in die Ferne, warte gespannt auf seine Reaktion. Der Mann dreht sich Richtung Zeigefinger, schaut dann wieder zu mir und brüllt mir ins Ohr: »Ich sehe da niemanden«

Ich blicke wieder zu dem Ort, an dem er mit seiner Gruppe stand.

Sie sind weg.

Gedankenverloren stelle ich mein Glas am Tresen ab und laufe Richtung Ausgang. Die Musik klingt gedämpft. Ich höre lautes Gelächter und sehe Luc mit seinen Freunden. Er reibt mehrmals an seiner Nase. Ich packe ihn an der Schulter, flehe ihn an zu gehen.

Draußen ist es kalt und neblig, nicht so wie in der stickigen Halle. Irgendwie hatte ich es geschafft, ihn an die frische Luft zu zerren. Wir laufen nebeneinander mit Abstand. Angespannt, verärgert. Der Nachthimmel ist schwarz wie unsere Kleidung.

In meinem Kopf sind so viele ungesagte Worte, die ich gerne sagen würde, die ich mir jedoch für zuhause aufhebe. Er holt eine Zigarette heraus. Ich höre ein Feuerzeug klicken.

»Hör auf zu rauchen. Das ist schlecht für deine Stimme«, sage ich. Noch ein Klicken. Er nimmt einen Zug. Ich sehe den weißen Rauch neben mir vorbeiziehen.

Ich schaffe es nicht mehr, mich zusammenzureißen, und nehme ihm die Zigarette erbittert aus dem Mund, werfe sie zu Boden. Ich fühle mich, als würde ich gleich platzen, explodieren. Am liebsten würde ich ihm den Kopf abreißen.

»Verdammt, warum hörst du mich nicht? Warum ignorierst du mich? Ich dachte du tust alles für mich! Du hast doch gesagt wir sind ein Team, wir gehören zusammen. Und dann, wenn ich dich am dringendsten brauche, bist du nicht da. Wie konntest du nur dabei zusehen?«

Er schaut mich nur gleichgültig an.

»Du hattest es doch auch ohne mich unter Kontrolle«

»Hörst du dir selbst eigentlich zu?«

»Wir reden später darüber«

Dann höre ich nur noch unsere stapfenden Schritte im Schweigen. Ich rieche den alkoholischen Geruch, der von dem verschütteten Drink auf meinem Kleid kommt. Es beunruhigt mich. Währenddessen versuche ich mir auszumalen, was mich zuhause erwarten wird, frage mich, ob wir uns vertragen werden, ob alles gut wird, wie weh es diesmal tun wird, ob ich es diesmal überhaupt überleben werde.

Wochen sind seit diesem Vorfall vergangen. Luc hat sich verändert. Es tut ihm leid, was er mir angetan hat. Das Strahlen in seinen Augen ist verschwunden. Er redet kaum noch mit mir, liegt nur noch in seinem Bett herum. Wenn ich das Zimmer betrete, wirkt er trotzdem abwesend, als wäre er eine Leiche. Er entfernt sich immer weiter von mir, obwohl er doch da ist.

Er schreckt kurz hoch, als ich die Tür öffne, betrete das Zimmer mit einem Tablett mit Kaffee und herzförmigen Waffeln, die er so liebte. Ich habe sie auf einem edlen Service platziert mit floralen Mustern, um seinen Augen zu schmeicheln. Vielleicht kann ich ihn wieder etwas fühlen lassen, alte Gefühle heraufbeschwören. Er liebt die schönen Dinge im Leben, die Ästhetik in den Kleinigkeiten, so wie ich.

Ich schaue in seine ausdruckslosen Augen. Ich bin müde. So müde wie Luc, müde davon mich anzupassen, mir alles gefallen zu lassen. Aber ich zeige es nicht. Jeden Morgen stehe ich auf, ziehe die Sachen an, die er mir geschenkt hatte, schminke mich so, wie es ihm gefällt, damit ich ihm auffalle, damit er sein Interesse an mir nicht verliert. Und jetzt schaue ich in sein blasses Gesicht wie in einen Spiegel, das meine innere Erschöpfung, meine innere Zerrissenheit, meine Abhängigkeit zu ihm widerspiegelt.

Wo ist der Luc, den ich bewundert hatte, in den ich mich verliebt hatte? Am liebsten würde ich losschluchzen. Langsam kann ich den Schein nicht mehr wahren.

»Ich halte es nicht mehr aus. Ich kann nicht mehr länger zusehen. Was ist nur los mit dir?«

»Die Fans«, haucht er kraftlos. Er kann an nichts anderes mehr denken. Ich denke an die komischen, kreischenden Mädchen, die mein Leben zerstört hatten.

»Deine Fans pressen dich aus wie eine Zitrone!«, werfe ich ihm vor.

Ich atme tief ein und aus. Das Tablett in meinen Händen wird schwerer.

»Nein, ich muss für sie da sein. Sie warten auf neue Projekte, schicken mir dauernd Nachrichten. Ich werde gestalkt, auf der Straße verfolgt. Ich bekomme Briefe, Heiratsanträge. Und wenn sie von dir wissen würden, würde ich auch noch Drohbriefe und Morddrohungen bekommen. Du kannst dir das alles gar nicht vorstellen. Du verstehst es nicht. Das ist ein Albtraum, aber ich habe es mir früher gewünscht, so bewundert zu werden, also ist das nicht so schlimm. Das gehört dazu. Das ist normal«

Seine Stimme zittert.

»Normal??«

Stille. Irgendwie tat er mir kein bisschen leid. Mir war es egal, nach allem, was ich wegen ihm durchmachen musste. Wenn er nur nicht berühmt wäre, denke ich mir jeden einzelnen Tag. Ich würde mein luxuriöses Leben für ihn aufgeben.

»Wo ist der Luc mit den strahlenden Augen, den ich vom ganzen Herzen geliebt habe?«

Ich spüre, wie meine Hände zittern. Jetzt kann ich endlich alles sagen, ihn demütigen, wenn er so machtlos vor mir liegt.

»Deine Fans haben ihn mir weggenommen. Sie haben ihn *getötet*«

Ich konnte das letzte Wort kaum aussprechen. Ich schaue in seine leeren, gleichgültigen Augen, spüre einen Stich in meinem Herzen und muss den Blick von ihm abwenden, dabei werde ich auf meine Reflexion im Spiegel aufmerksam. Mein Gesicht blitzt auf.

Die fast verblassten veilchenblauen Ringe unter meinen Augen erschrecken mich kurz. »*Ich werde immer gut zu dir sein*«, erinnere ich mich an seine Worte, die wohl nur Lügen waren.

»Nein, hör auf, das stimmt nicht«, flüstert er.

»Sie verfolgen mich, weil sie mich bewundern, weil sie besessen von mir sind, weil sie mich lieben. Das ist doch etwas Gutes«

Willst du mich verarschen?, rutscht es fast aus mir heraus.

Er widerspricht sich, manipuliert mich mit Lügen.

»Schau dich doch mal an! Du bist hier schon wochenlang eingesperrt. Ich erkenne dich fast gar nicht mehr wieder. Und schau mich an! Und du denkst, das ist *normal*? Denkst du, ein Mensch, der mich liebt, behandelt mich so?«

Ich knalle das Tablett auf eine Kommode. Das Geschirr klirrt. Der Kaffee schwappt ein bisschen über. Ich könnte ihn erwürgen. Aber ein Leben ohne ihn wäre noch herzzerreißender als das hier. Irgendwann wird alles besser. Irgendwann wird sich alles ändern. Es ist Zeit für eine Umstellung, für eine Veränderung.

»Wenn du mich wirklich liebst, dann verlass die Industrie für mich! Ich kann dir helfen, dir die Haare zu färben, wir können wegziehen, du kannst unabhängig Musik machen oder unter einem anderen Namen schreiben. Ich werde dich decken. Ich werde dich schützen«, sprudelt es aus mir heraus. Ich verheddere mich in meinen eigenen Worten, die Ideen multiplizieren sich. Ich sehe es fast vor mir, wie wir verschwinden, an einen Ort, an dem uns niemand kennt, an dem er sicher ist und mir gehört, an dem ihn mir niemand wegnehmen kann.

»Nein, das geht nicht«

Er schüttelt bestürzt den Kopf, als würde er den Verstand verlieren.

»Du hast gesagt, dass du alles für mich tust«

Ich ersticke fast wieder an meinen eigenen Worten, an meinem eigenen Leid. Ich erinnere mich an früher, an das Konzert, an die Mädchen auf dem Parkplatz. Wie konnten diese unschuldigen Mädchen so einen enormen Einfluss auf einen der bekanntesten Musiker der ganzen Musikindustrie haben. Am Ende bin ich diejenige, die leiden muss, was niemand sieht. Niemand bemerkt, weil ich es perfektioniert habe, es zu verstecken.

»Ich lass' dich jetzt alleine, damit du in Ruhe über deine Fans nachdenken kannst«, sage ich.

»Chloé, nein, lass mich nicht alleine! Ich brauche dich! Ich kann ohne dich nicht!«

Er ist nicht er selbst. Aber, wenn er nicht er selbst ist, wer ist er dann? Ist das der echte Luc, den ich in den Medien nicht sehen konnte, der mir verschwiegen wurde?

»Entweder ich oder sie«

Ich knalle die Tür hinter mir so fest zu, sodass die Wände fast wackeln.

Frische Luft. Ziellos laufe ich durch die Straßen. Der Himmel ist weiß, als hätte man das Blau ausradiert. Ich wärme meine Hände in meinen Manteltaschen, schaue die farblosen Gebäude an und stelle mir vor wie die Menschen dort aussehen, die dort wohnen, was ihre Ziele im Leben sind, was sie gerade machen. Ich male mir aus, wie sie ihre kleinen Altbauwohnungen eingerichtet haben und ob sie glücklich sind mit dem Leben, das sie führen.

Ich sehe Frauen mit burgunderroten Taschen. Ein rotes Auto fährt vorbei. 222 steht auf dem Kennzeichen. Auf dem Bürgersteig liegen knallrote Blätter.

Ich biege die Straßen ab, weiß immer noch nicht, wo ich hingehen soll und lasse mich leiten. Ich schaue über die Schaufenster. Rote Kleider. Die reflektierenden Scheiben erinnern mich an meine Wunden. Ich hatte mich schon gefragt, warum mich die Passanten so anstarren, in die Augen, als würden sie meine Gedanken lesen oder sie aussaugen wollen, aber niemand fragt nach. Sie schauen nur. Ich gehe weiter.

Wie das Schicksal so will, bin ich an dem Ort gelandet, an dem Luc und ich uns zum ersten Mal in echt begegnet waren. Vor dem Lokal sind Tische und Stühle aufgestellt, die mehrheitlich leer sind. Nur in einer Ecke sitzt eine Gruppe und raucht. Die rotweiße Marlboroschachtel sticht mir ins Auge.

»Ich habe auch von dir geträumt«, hallt es in meinem Kopf. Wäre ich bei ihm geblieben, wenn ich gewusst hätte, wie er wirklich ist? Ich fühle mich, als wäre ich dazu verdammt unglücklich zu sein. Früher hatte er mir gefehlt und jetzt bin ich enttäuscht vom falschen Bild, das ich von ihm gehabt hatte.

Ich laufe zügig weiter, als würde ich von meinen eigenen Gedanken fliehen wollen.

Ich bin in einem Park angekommen, spaziere alleine durch die Allee, betrachte achtsam die bunten Laubblätter, die noch an den Ästen hängen. Es ist so schön, wie jedes Blatt die gleiche Farbe hat, aber es keine zwei identischen Blätter gibt, jedes ist dann doch individuell, aber ähnlich, denke ich.

Ich setze mich dann auf irgendeine Bank. Vor mir steht eine Litfaßsäule. Das Plakat lässt mich kurz zusammenzucken. Ein altes Plakat, das noch nicht abgerissen wurde. Lucs Portrait vor dunklem Hintergrund. Daneben sind Tourdaten aufgelistet, die in der Vergangenheit liegen. Ich wünschte, er wäre nicht berühmt.

»Er verfolgt mich sogar, wenn er gar nicht da ist«, sage ich zu mir. Plötzlich wird es dunkel. Ich spüre fremde Hände, die mir die Augen verdecken.

»Tja, so schnell wirst du mich nicht los«, höre ich Lucs Stimme.

»Luc?«, frage ich.

»Ding Ding Ding! Hundert Punkte«, ruft er und lacht heiter, entfernt seine Hände aus meinem Gesicht und setzt sich neben mich auf die Bank.

Er macht diesmal einen gepflegteren Eindruck, kaum wiederzuerkennen. Aber was erwarte ich denn von einem Künstler, der sich vor seinem Publikum wie ein Schauspieler verstellt und alle so kunstvoll täuscht, sodass es niemand merkt?

»Ich habe nachgedacht über die *Fans*«, sagt er dann zu mir nachdenklich.

»Sie sehen eine Seite von mir, die sie sehen wollen, die ich eigentlich gar nicht bin«

Er betrachtet das Plakat gegenüber sich selbst.

»Ich habe so viel erreicht. Ich habe so viel gelitten für das alles. Ich habe es versucht, habe immer mein Bestes gegeben, doch auch das Beste ist manchmal nicht gut genug. Ich dachte, ich bin erst glücklich, wenn meine Lieder im Radio laufen, wenn ich sehe, wie viele Menschen zu meinen Konzerten kommen, um mich singen zu hören, oder erst wenn mein Gesicht auf Plakaten auf der ganzen Welt zu sehen ist, oder erst wenn ich mir alles kaufen kann«

Er macht eine theatralische Pause, als er zu mir schaut. In die Augen. Das Strahlen ist wieder da.

»Aber ohne dich hat das alles keinen Wert. Ich bin nur glücklich, wenn du da bist, dann sind meine Sorgen ganz weit weg. Ohne dich macht mein Leben keinen Sinn, Chloé. Du machst mein Leben lebenswerter. Damals, als wir uns getroffen haben, hat es sich so angefühlt, als würden wir uns schon sehr lange kennen, als wären wir seelenverwandt. Ich kann es nicht in Worte fassen, wie viel du mir eigentlich bedeutest, was ich nie ausdrücken konnte«

Während er das alles erzählt mit seiner melodischen Stimme, die mich innerlich umarmt, fange ich an zu weinen. Alles, was sich in mir angestaut hat, kommt wie ein Wasserfall aus mir heraus. Das Leiden, die Verwirrung. Die Tränen waschen den Dreck meiner Seele ab. Der Luc, den ich liebe, ist wieder da.

Er wischt meine Tränen ab. Er nimmt mich in den Arm. Ich spüre seine Wärme, die mich tröstet.

Dann blickt er wieder zum Plakat und sagt: »Kannst du bitte noch ein paar Fotos von mir und dem Plakat da drüben machen? Als Andenken von der Zeit in der Zitronenpresse«

Ich muss lachen und bejahe, hole mein Handy heraus. Er eilt zur Litfaßsäule und fängt an zu posieren, einen ironischen Schmollmund zu machen. Ich mache ein paar Schnappschüsse. Dann lachen wir beide, machen uns über uns selbst lustig. Da sehe ich wie eine Frau aufgeregt, grinsend ins Bild rennt.

»Bist du nicht dieser Luc? Luc Morel? Können wir ein Foto machen?«, fragt sie drängend. Ich kann nicht beschreiben, was passiert ist, doch sein Blick hat sich verändert, als hätte er eine Maske aufgesetzt.

»Wer ist Luc Morel «, fragt er sie ironisch.

Perplex schaut sie ihn und das retuschierte Plakat an, gestikuliert hektisch. Sie wirkt ziemlich aufgeregt ihr Idol mitten auf der Straße anzutreffen, sodass sie sich nicht kontrollieren, ihre Nervosität kaum verbergen kann.

»Du bist doch der Typ auf dem Plakat. Luc Morel«

»Nein, ich sehe ihm wohl nur ziemlich ähnlich«, lacht er.

»Warum lügst du mich an?«, ruft die Frau so laut, sodass Augen der Passanten auf uns gerichtet sind. Einige im Park fangen an zu tuscheln. Am liebsten würde ich hier verschwinden, aus dieser unangenehmen Situation fliehen.

Plötzlich fängt es an zu schütten.

»Komm, wir verschwinden«, sagt er dann zu mir, reicht mir seine Hand. Wir rennen davon, während der Regen auf unsere Köpfe prasselt. Er bleibt neben mir stehen, als wir uns vor den Leuten distanziert haben, unter roten Laubblättern, während der Regen auf mein Gesicht und auf meine Haare fällt, sagt er mir: »Ich konnte dir nie sagen, wie sehr ich dich liebe. Ich habe noch nie jemanden so sehr und so stark geliebt wie dich«

Wir hatten es dann geschafft bis zu einer Tramhaltestelle zu laufen, um uns kurz unter dem Dach zu schützen, bis der Regen aufhört. Die Wände sind beschlagen. Wir sind alleine, außer Atem und dann brechen wir in Gelächter aus und machen uns über die Fremde lustig, die ihn so bedrängt hatte.

»Hast du ihren Blick gesehen?«, »Sie ist fast ausgerastet« und »Wofür hält sie sich eigentlich« werfen wir in unseren Dialog.

Und dann hält er kurz inne und sagt nachdenklich: »Aber ist es nicht seltsam? Sie hatte ja recht. Ich bin Luc Morel. Und nur, weil ich gelogen habe, stand sie da wie eine Irre«

Er schaut dem Regen zu.

»Tja, aber wäre sie höflicher gewesen, hätten wir vielleicht doch ein Foto gemacht«

Ich stehe in der hell beleuchteten Ausstellungshalle. Die Wände sind verziert mit meinen abstrakten Gemälden. Dazwischen hängen Darstellungen von weißen Kaninchen und Gegenständen wie Teetassen, Kannen, die ich absichtlich verzerrt dargestellt hatte, damit sie so surreal und so unnormal wie möglich auf den Betrachter wirken. Denn wenn alles unnormal ist, dann ist die Abnormität normal.

Und dann gibt es diesen einen Platz in der Halle, an denen die Zeichnungen von Luc hängen, die nicht zu meinen anderen Bildern passen. Sein Gesicht in allen Ecken.

Während ich auf diese Collage mit den ausgeschnittenen Bleistiftportraits starre, die *mich* anstarren, wünsche ich mir, dass ich Luc angelogen hätte. Dass es in meinen Texten nicht um ihn ging, damit er mich verlassen konnte.

Dabei erinnere ich mich, wie wir im Badezimmer waren. Wir hatten uns im Spiegel betrachtet. Ich hatte beobachtet, wie mir das Blut die Nase runterlief. Früher hatte ich geweint, ihn angeschrien, doch ab dem Zeitpunkt hatte ich keine Lust mehr dazu. Ich hatte mich an dieses Bild gewöhnt. So etwas macht man nicht, so etwas ist nicht normal. Das wusste ich. Aber es hatte sich normalisiert, sich in den Alltag eingeschlichen, sodass es nach und nach zu einer Routine wurde, sodass es *normal* wurde.

Wenn ich das meinem alten Ich erzählt hätte, dass Luc mich verprügelte, dann hätte ich zuerst gelacht, weil ich es nicht geglaubt hätte.

»Luc würde so etwas niemals tun«, hätte ich bestimmt geantwortet. Oder: »Das bildest du dir nur ein«

»Vielleicht gibt er sich nur als Luc aus«
»Er ist doch so lieb, so sensibel und einfühlsam«

Luc hatte sich dazu entschieden, mich zu schminken, damit die Wunden nicht so sehr auffallen, als wollte er den Fehler rückgängig machen. Er hatte behutsam das Make-Up auf meinem Gesicht verteilt, die blauen Flecken sanft übermalt, als hätte er Angst, mich zu verletzen oder mich zu zerbrechen. Warum hatte er davor nie diese Angst, diese Empfindsamkeit, bevor er mich angriff?

Luc und ich sind jetzt quitt. Ich stelle die Bilder aus, weil er es so wollte und er verlässt die Industrie, weil ich das verlangt habe. Dabei fühle ich mich so schuldig, bereue alles, bereue gleichzeitig Nichts. Kann man überhaupt alles und gleichzeitig Nichts bereuen? Weil ich irgendwie glaube, dass sich bald etwas ändern wird, dass der Missbrauch ein Ende hat, dass wir uns beide ändern.

»Schön«, höre ich Lucs Stimme, die mich aus meinen Erinnerungen aufweckt. Er nähert sich und bleibt neben mir stehen. Komplett in Schwarz verhüllt, Sonnenbrille, Kopfbedeckung.

Da kommen Gäste lobend auf mich zu, gratulieren mir. Ich sehe, wie er unauffällig ein paar Schritte rückwärts macht und geschickt verschwindet, sodass es niemand bemerkt, sodass ihn niemand erkennt.

Louise und Marie, zwei Bekannte kommen auf mich zu. Sie schauen kommentarlos meine Zeichnungen von Luc an. Ich kann in ihren Gesichtern nicht deuten, ob sie erstaunt oder enttäuscht oder verwirrt sind.

Daneben steht Anouk. Sie ist fasziniert. Maries und Louises Gesichtsausdrücke erscheinen dagegen zweifelnd, analysierend und urteilend, als würden sie Punkte vergeben. Langsam neigen sie ihre Köpfe zur Seite, schauen sich gegenseitig an, als würden sie in dem Moment das gleiche denken, versuchen mit Blicken zu kommunizieren. Die Stille macht mich wahnsinnig. Sie machen den Eindruck, als hätten sie mich nicht gesehen. Gefällt es ihnen? Hassen sie es? Lieben sie es? Was denken sie darüber?

»Das ist ja voll anders als die anderen Bilder«, sagt Marie endlich. Louise nickt.

Ist das gut oder schlecht? Innerlich bettle ich nach Antworten. Und sofort danach wünsche ich mir, dass sie mich nicht kritisieren, ja keinen negativen Gedanken aussprechen, der in ihren Köpfen schwirrt.

»Irgendwie ist das unheimlich. Überall ist das gleiche Gesicht zu sehen«

Pause.

»Die anderen Bilder waren auch sehr... fragwürdig, merkwürdig«

Nicken, Bejahen.

»Aber das hier ist neuartig. Es ist zwar gut, aber...«

»Besorgniserregend«

»Beängstigend«

»Ja, genau das wollte ich sagen«

Sie stehen mit ihren Rücken vor mir. Ich höre ihre Stimmen, die so ähnlich klingen, die sich miteinander vermischen, sodass ich nicht erfassen kann, wer gerade spricht.

»Sie ist wohl besessen von diesem Typen«

»Ist das nicht dieser Sänger«

»Ja, der ist angeblich berühmt«

»Sie ist wie ein verrückter Fan«

»Jetzt merke ich, dass mit ihr etwas nicht stimmt«

»Vielleicht kann sie deshalb keinen echten Freund finden«

»Glaubst du sie wird jemals heiraten?«

»Ihn auf jeden Fall nicht«

Ich höre sie kichern und etwas Undeutliches flüstern, während sie mein wichtigstes, intimstes Werk beäugen und es mit Worten verletzen, als würden sie es verbal zerkratzen.

Der Raum verändert sich, als würden die Frequenzen ihrer schrillen Stimmen meine Wahrnehmung beeinflussen. Es kommt mir langsam so vor, als würden sich die Motive auf den Bildern bewegen.

»Und guck dir mal die anderen Bilder an. Das, was sie da kritzelt, kann doch eigentlich jeder«

»Ja, meine Kinder machen sowas Ähnliches im Kindergarten. Wenn ich das aufhängen würde, würde ich dann auch so viel Geld verdienen wie Chloé?«

Ihr Lachen hallt im Raum wider.

»Sogar mehr«

»Wirklich, sie hat keinen Cent davon verdient«

»Wofür hält sie sich«

»Ich hab doch gesagt, dass sie krank ist«

»Warum sind eigentlich nur die ganzen Psychos reich und berühmt?«

Anouk dreht sich um und sieht mich, aber sagt nichts, was mich an die Situation in der Party mit Luc erinnert. Sie schaut zu Marie und Louise, öffnet den Mund. Sie würde gerne etwas sagen, aber sie schafft es nicht, das Gelächter zu unterbrechen. An ihrer Stelle hätte ich genauso gehandelt. Die beiden würden sie sowieso nicht hören, sie nicht einmal zu Wort kommen lassen. Ich kann nur zusehen, wie sich meine Umgebung verändert. Wie das Flüstern, das Tuscheln lauter wird, sodass es in meinem Ohr fast summt. Das Licht flackert.

»Aber irgendwie sehen sie sich ähnlich, als hätten sie die gleiche Energie«

»Ja, zwei Psychos haben sich anscheinend gefunden«

Die Schachbrettfliesen auf dem Boden sehen so seltsam deformiert aus und ich fühle mich bei jedem Schritt, den ich gehe, als würde ich ein paar Meter wachsen und mein Kopf würde die Decke berühren, wenn ich jetzt auf Zehenspitzen laufen würde. Die Wände verschieben sich, als würde der Flur sich verengen, je weiter ich laufe. Meine Füße auf dem Boden erscheinen mir so fern, die meinen langen Körper zum Ausgang transportieren.

Die Gäste kommen mir so winzig vor, als müsste ich mich bücken, um mit ihnen zu sprechen. Die abstrahierten Motive auf meinen Bildern tanzen in ihren Rahmen, als würden sie versuchen auszubrechen. Ich glaube spüren zu können, dass sie mich beobachten, wie ich verzweifelt versuche zu fliehen. Ich glaube hören zu können wie sie mich auszulachen.

Innerlich zittere ich vor Angst. Die weißen Kaninchen aus einem Gemälde hoppeln von Bild zu Bild in meine Richtung, als würden sie mich verfolgen. Das kann doch alles nicht sein. Ist das real?

Ich fühle mich, als wären meine Seele, mein Verstand und mein Körper verschiedene Personen von mir selbst, die nicht miteinander kommunizieren können.

Dann frage ich mich, wie mein riesiger Körper durch die Türen passen soll. Ich komme mir vor wie in einem Albtraum. Als wäre ich in eines meiner eigenen Bilder gefangen.

Da fällt mir plötzlich ein Gespräch ein, in dem ich Luc gefragt hatte, was sein Lieblingsfilm war. Alice im Wunderland war seine Antwort gewesen.

»Meine Lieblingsstelle ist die, in der sie in das Kaninchenloch fällt und dann den Kuchen isst, um größer zu werden und den Trank trinkt, um kleiner zu werden. Manchmal habe ich ebenfalls das Gefühl, dass ich zu groß oder zu klein für diese Welt bin und nirgendwo wirklich reinpasse«, hatte er mir erzählt.

»Man kann seiner Wahrnehmung nicht wirklich trauen«, hatte er angefügt.

Im Parkhaus kommt mir alles viel größer vor, als es eigentlich sein sollte. Es ist gewaltig wie ein Ozean voller Beton. Schwerfällig laufe ich zum anderen Ende, zu meinem Auto. Auf dem Beifahrersitz kann ich Luc sehen.

»Wofür hält sie sich?«, höre ich eine Stimme.

Schnell drehe ich mich um. Hinter mir ist niemand. Nur parkende, leere Autos.

Ich steige ein. Luc sagt etwas, doch ich verstehe ihn nicht, als würde er eine andere Sprache sprechen. Ich höre nur das undeutliche Flüstern in meinem Kopf, ein Lachen in meinen Ohren. Beleidigungen, Wörter, die ich nicht miteinander verknüpfen kann.

Ich sehe meine Hände zittern, die das Lenkrad festhalten. Im Seitenspiegel blitzt mein blasses Gesicht. Haarsträhnen kleben auf meiner Stirn. Am liebsten würde ich vor Verzweiflung losheulen, meine Seele rausschreien, bis keine Luft mehr in meinen Lungen bleibt, weil ich nicht begreifen kann, was mit mir gerade passiert.

Ich fange an zu denken, dass ich den Verstand verliere. Doch ich bin viel zu verwirrt, viel zu aufgelöst, um zu weinen. Das Flüstern wird lauter. Und ich weiß, dass es nicht real ist, dass das alles in meinem Kopf ist, dass ich das ich nicht ausschalten kann.

»Und ohne mich würdest du auch keine Kunst machen. Du bist ein Nichts ohne mich. Und jetzt behandelst du mich wie Dreck? Hast du etwa vergessen, dass du abhängig von mir bist? Hast du vergessen, dass ich die Quelle deiner Kunst bin? Ich bin überall. Du lebst nur für mich. Du bist nur ein dummer Fan wie alle anderen. Ihr seid doch alle gleich. Was willst du jetzt machen? Zur Polizei gehen? Niemand kennt dich. Niemand wird dir glauben. Alle werden denken, dass du die Kranke bist. Du bist besessen, Chloé«

Da höre ich auf zu denken. Einen eigenen Gedanken zu verfassen, kostet mich viel zu viel Kraft. Ich kann ihnen nur zuhören, den Stimmen, die mich umhüllen, mich bedrängen.

Und ich kann sie nicht kontrollieren.

Es macht mir Angst.

Am Himmel ist der leuchtende Mond zu sehen, der silberne Strahlen in die Umgebung wirft. Laternenlicht und Dunkelheit wechseln sich nacheinander ab. Scheinwerfer der Fahrzeuge spiegeln sich auf dem Asphalt.

Luc redet und ich blende ihn automatisch aus. Stattdessen schaue ich auf die Autos, die wieder so winzig aussehen, als würde ich sie in jedem Moment überfahren. Die Bäume und Ampeln, die verlangsamt an uns vorüberziehen, ragen in den schwarzen Himmel. Die Straße sieht breiter aus, als ich es in Erinnerung habe. Die Gebäude sind schief, als würden sie gleich auf unser Auto kippen. Der funkelnde Eiffelturm ist ebenfalls zu sehen und verkleinert sich langsam im Rückspiegel. Es ist alles wie in einem verzerrten Computerspiel. Alles um uns herum passiert in Zeitlupe.

»Darf ich fragen, warum du so schnell fährst?«, fragt Luc ein wenig besorgt.

»Schnell?«

Ich blicke zum Tacho. Achtzig in einer Fünfzigerzone.

»Das Tacho ist wohl kaputt«, sage ich gleichgültig und schaue auf die Uhr. Die Zeit scheint nicht zu vergehen, als wäre sie zehnmal stehen geblieben.

»PASS AUF!«

Ich erschrecke mich, schneide eine Kurve. Reifenquietschen. Grelle Scheinwerfer beleuchten den Innenraum. Ich versuche auszuweichen. Jetzt passiert alles viel zu schnell, als hätte man ein Video in Zeitraffermodus eingestellt. Das rasende Auto kracht gegen einen Laternenmast.

Gelbes, blinkendes Licht im Nebel. Aufgebrochene Motorhaube. Die Windschutzscheibe war in tausend Teile zersprungen. Der weiße Airbag wurde aktiviert.

Ich taste meine Stirn, spüre etwas Flüssiges an meiner Hand und sehe dann das dunkle Blut an meinen Fingern. Es fühlt sich an wie ein Glitch. Als wären meine Bewegungen versetzt. Wie ein visuelles Echo.

»Luc, ist alles in Ordnung?«, frage ich, blicke rüber zum Beifahrersitz.

Leer. Ich bin allein. Er ist weg.

»LUC???«, höre ich mich schreien und fühle mich, als würde ich mich gleich auflösen.

Niemand hört mich. Das Rauschen in meinen Ohren nimmt zu, je länger ich nachdenke, je mehr Puzzleteile sich zusammenfügen und es wird dunkel.

»Hören Sie mich?«, höre ich gedämpft.

Eine weibliche Stimme. Ich blinzele. Blaue Sirenen blinken im verschwommenen Dunkeln. Eine Sanitäterin kniet vor mir, glaube ich unter dem blitzenden Licht zu erkennen.

Wo bin ich? Bin ich immer noch draußen? Tausend Fragen schwirren in meinem Kopf. Irgendwelche Bruchteile meiner Erinnerung blitzen vor meinem geistigen Auge. Ich verstehe überhaupt nichts mehr. Nur eine einzige Sache interessiert mich.

»Luc?«, hauche ich, »Wo ist Luc?«

»Machen Sie sich keine Sorgen! Wir bringen Sie ins Krankenhaus. Welcher Tag ist heute?«, werde ich rasch unterbrochen.

»Freitag. Kann ich jetzt bitte Luc sehen?«

»Wir kontaktieren ihn dann, wenn Sie in Sicherheit sind und es Ihnen besser geht«

»Luc war aber bei mir«

»Es war niemand bei Ihnen«

»Wer hat mich dann gefunden?»

»Ihr Telefon hat einen Unfall erkannt und den Notruf kontaktiert«

»Aber das kann doch nicht sein. Da war Luc. Luc Morel. Kennen Sie Ihn? Die ganze Welt kennt ihn. Er war die ganze Zeit da. Bei mir«

»Luc Morel, der Sänger?«

»Ja! Hab ich doch gesagt!«, sage ich plötzlich viel zu laut, viel zu enthusiastisch, weil ich endlich gehört wurde, weil ich endlich gefunden und gesehen wurde. Doch die Frau kann ihr Schmunzeln und ihre Überraschung wohl nicht sofort so geschickt verbergen. Das höre ich daran, wie lang sie ihre Pause zieht, um etwas zu erfinden, um die richtigen Worte zu finden, die mich angeblich beruhigen sollten.

»Ich denke Sie sind nur ein wenig verwirrt«, antwortet sie endlich.

»Es liegt wohl an der Gehirnerschütterung«

Die Sanitäterin lächelt, als würde sie mir zu vermitteln versuchen, dass ich einfach nur den Verstand verloren habe, aber es wird schon gut werden, das macht nichts, das passiert manchmal, ist schon okay. Und als würde sie »Gut, dass mir so etwas nicht passiert«, denken.

Dabei ist gerade gar nichts gut und nichts wird jemals gut werden, wenn Luc nicht da ist. Und wenn er für immer weg ist?

Das ist diese komische Künstlerin, die so besessen von Luc Morel ist, denkt sie bestimmt.

Es ist ein Trick. Alle verschwören sich gegen mich. Sie hatten Luc entführt, um mich wahnsinnig zu machen, um mich dazu zu bringen den Verstand zu verlieren, weil man neidisch auf mich ist, auf meine Kunst, auf meinen Wohlstand. Neidisch auf mich, weil mein Leben so verdächtig perfekt ist, weil ich alles hatte, was ich früher wollte. Das ist alles nur ein falsches Spiel, eine Inszenierung, ein Theaterstück, in dem ich die Hauptrolle spiele.

Ich schließe die Augen, um die Sanitäterin nicht mehr zu sehen und bete innerlich, dass das alles nur ein äußerst seltsamer Traum ist, der mir nur so real erscheint.

Ich wünsche mir, dass ich gleich aufwachen werde.

Die Ärzte hatten mir gesagt, ich hätte Prellungen am Kopf wegen des Unfalls. Auf der Wand meines Ateliers ist ein kleiner roter Fleck an einer weißen Wand, der mittlerweile rostbraun geworden war. Ich hatte mir das alles nur eingebildet, während ich mir die Wunde selbst zugefügt hatte. Meine eigenen Erinnerungen spielen mir nur einen Streich.

Mir gegenüber stehen neue Portraits von Luc, die ich die letzten Wochen ununterbrochen gemalt hatte, um vergeblich zu versuchen ihn wiederzubeleben. Der ganze Raum ist voller Luc. In jeder Ecke starren mich seine leblosen Augen an.

Ich mustere die geschwungenen Bleistiftstriche, die seine Gesichtszüge formen, strecke meine Hand danach aus, berühre das Papier, was sich seltsamerweise so anfühlt, als würde ich ihn berühren. Meine Finger verwischen das Graphit ein wenig.

Es ist so kalt ohne ihn. Die Villa ist viel zu groß ohne ihn. Ich fühle mich, als würde ich im Haus eines Toten leben, das von seinen Portraits überschwemmt wurde, um ihn weiter am Leben zu halten, als würde er in den Bildern leben.

Seit dem Unfall fühlt sich alles nicht real an, so bizarr, so fremd, als wäre ich in einem seltsamen Traum, in einem Film, der bald tragisch enden wird. Ich kann nicht begreifen, was passiert ist. Die Erinnerungen fühlen sich so real an und sind dennoch so realitätsfern, als wären sie nur ein Teil meiner eigenen Fantasie, als hätte ich ein Buch gelesen und mir nur den Charakter einer fiktiven Handlung viel zu lebhaft vorgestellt. Trotzdem habe ich versucht mein Leben so fortzusetzen, als wäre nichts passiert, als wäre *er* erreichbar oder wenigstens physisch anwesend.

Ich nahm immer wieder eine Leinwand aus meinem Atelier mit. Damit ich nicht vergaß, wie er aussah. Als ich in die Küche ging, platzierte ich sie auf den Tisch, sodass ich immer ein Bild von ihm vor meinen Augen hatte, als ich aß. Ich deckte den Tisch immer für *zwei* Personen, legte immer *zwei* Teller, *zwei* Gabeln hin. Ich schenkte Tee aus einer Kanne in *zwei* Tassen ein, zündete *zwei* Kerzen aus Gewohnheit an. Und ich kaufte alles doppelt. Zwei Stück Kuchen. Zwei Zahnbürsten. Zwei Packungen Zigaretten.

Ich kaufte Parfum, das mich an ihn erinnerte und hochwertige Kleidung in dunklen Farben, die zu ihm passen könnten. Nur als ich unterwegs war, nahm ich die Portraits nicht mit und sperrte sie stattdessen zuhause ein, um sie vor fremden Blicken zu beschützen. In Restaurants reservierte ich trotzdem immer einen Tisch für zwei Personen und sagte, dass später noch jemand dazukommen würde.

Zuhause führte ich Gespräche mit ihnen, erzählte von meinen zukünftigen Projekten, fragte sie nach ihren Meinungen, machte Witze und lachte vor mich hin. Ich stellte mir vor, was Luc geantwortet, welche Komplimente er mir gegeben hätte. Oft erzählte ich ihnen, wie sehr ich sie liebte, wünschte ihnen immer eine gute Nacht und einen guten Morgen, behandelte sie so, als wären sie lebendig. Ich schaute mit ihnen meine Lieblingsfilme, las ihnen Bücher vor und teilte mit ihnen meine Gedanken, meine Ansichten. Ich erfand Dialoge. Manchmal stritt ich sogar mit ihnen.

Eines Tages wachte ich auf und realisierte aus dem Nichts, dass ich so nicht mehr weiterleben konnte. Dass das, was ich tat, für Außenstehende bestimmt merkwürdig wirken musste. Ich hatte mich so lange selbst belogen. Ich war verliebt in ein Bild, in ein Phantom, in eine Illusion, die nicht existiert.

Und wenn ich darüber nachdenke, mich daran erinnere, dann schäme ich mich, sodass es fast wehtut. Es fällt mir immer schwerer in den Spiegel zu sehen. *Warum hatte ich nicht bemerkt, dass ich anfing den Verstand zu verlieren?*

Ich beuge mich zum Boden. Eine Flasche Weißwein und eine ungeöffnete schneeweiße Packung mit Medikamenten liegen vor mir. Ich starre die Gegenstände an und kann keinen klaren Gedanken mehr fassen. Mein Kopf ist voller Stimmen, voller wirrer Gedanken, die durcheinander sprechen, sodass ich die Wörter, die darin schwirren nicht verstehen kann.

Ich weiß nicht, was passieren wird, wenn ich gehe. Mir ist egal, wer mich hier finden wird, wer um mich trauern oder wer wegen mir weinen wird. Ich hatte viel zu viel, viel zu lange geweint, alle meine Tränen vergeudet wegen Luc.

Ich habe endlich jemanden gefunden, der mich versteht, den ich verstehe, auch wenn es schwer war, auch wenn es Hindernisse gab. Auch wenn es ein schwieriger, nervenaufreibender Kampf war. Ich hatte ihn vom ganzen Herzen geliebt, auch wenn ich es nicht wollte. Und er hatte mich geliebt. Das war Erfüllung. Das war pures Glück, das nicht jeder finden konnte.

Ich hatte eine Person gefunden, die perfekt zu mir passte, die so war wie ich, in der ich mich selbst wiedererkannt hatte. Sie war wie ein Spiegel für mich, in dem sich meine Schönheit, aber auch meine Makel reflektierten.

Er machte mein Leben besser und zerstörte es gleichzeitig. Die Welt war bunt, voller Farbe, voller Freude, voller Wärme und dann brach der Winter ein. Wie ein Gebäude sprengte er mich und baute es wieder auf, so lange, bis ich nur noch aus Schutt und Asche bestand. Der Kampf hat ein Ende.

Wir waren seelenverwandt, aber wir waren nicht füreinander bestimmt.

Endlich hebe ich die Packung und schiebe eine Folie heraus, drücke die Tabletten einzeln heraus.

Kleine weiße Pillen liegen in meinen Händen, die so harmlos aussehen, als würden sie nur Schmerzen lindern und hätten niemals die Macht einen Menschen umzubringen oder mein Herz zum Stillstand zu bringen.

Ich schlucke sie, spüle sie mit dem süßen Wein herunter, das sich mit dem medizinischen Geschmack mischt.

Ich sterbe wegen ihm. Für ihn.

Luc, meine Inspiration, meine Muse, mein Lebenssinn, mein alles und mein Nichts, denn ohne dich bin ich ein Nichts.

Und wenn ich den letzten Atemzug mache, wenn meine Seele meinen Körper, meine abgestorbene Hülle verlässt, dann bin ich endlich frei, dann hat das alles endlich ein Ende. Dieses Leid, dieser Schmerz.

Ich schließe die Augen. Meinen letzten stillen Gedanken widme ich an Luc und spüre, wie ich tiefer falle in das Nichts, als würde ich verschwinden. Als würde ich in einen tiefen Ozean absinken und in meinen Schmerzen ertrinken. Gleichzeitig fühlt es sich so harmlos an, als würde ich einfach nur einschlafen. Ein aller letztes Mal träumen.

»Chloé?!«, unterbricht eine Stimme diese Szene.

Ich erkenne sie sofort. Es ist Luc. Er hat mich tatsächlich gefunden? Er ist tatsächlich gekommen, um mich zu retten.

Ich bin hier, möchte ich schreien. Ich möchte wieder zurück. Ich möchte wieder leben. Jetzt, wo er zurückgekommen ist. Wenn er für mich da ist. Wenn endlich bewiesen wurde, dass er real ist, dass ich mir das alles doch nicht eingebildet hatte.

»Nein, nein, nein«, wispert wer und flucht daraufhin.

Ich möchte meine Augen öffnen, ihn sehen, meine Arme nach ihm ausstrecken und immer wieder nach ihm rufen. Ich möchte meine lebendige Stimme hören, wie sie lebensfroh seinen Namen ruft.

Luc, ich will wieder leben! Wegen dir! Für dich! Mein schlaffer Körper hält mich zurück, lähmt mich, während meine Seele erst jetzt anfängt zu strahlen.

Es ist zu spät.

»Chloé, was machst du nur?«, ruft er verzweifelt.

»Du kannst mich doch nicht im Stich lassen?«

Ich nehme ein Zittern in seiner Stimme wahr. Ein Schluchzen. Erst jetzt in diesem Moment fühle ich mich endlich gesehen. Erst wenn ich halbtot auf dem kalten Boden meines Ateliers liege.

Mach dir keine Sorgen. Du bist jetzt da. Jetzt wird endlich alles wieder gut, möchte ich ihn gerne trösten. Aber er wird mich nicht hören. Ich bleibe weiterhin bewegungslos, während er spricht. Ich glaube, dass er telefoniert.

»Meine Freundin hat versucht sich umzubringen, holen Sie Hilfe«, höre ich gedämpft aus seinem Monolog voller Schmerz und voller Hilflosigkeit heraus.

Seine Stimme wird abgeblendet wie in einem Lied, das sich dem Ende neigt. Was danach passiert, bleibt im Verschwommenen.

Ich sehe ihn vor mir. Wir tanzen, drehen uns im Kreis in einem dunklen Raum voller Spiegel und funkelnder Lichter, die sich multiplizieren und aussehen wie Millionen Sterne.

Er lacht und ich lache. Ich fühle mich völlig glücklich, völlig erlöst von meinen Sorgen, meinem Kummer. Das ist wohl dieses Gefühl von Frieden, das wir alle anstreben, das wir alle wollen.

Ein wenig später lässt er mich los und sagt mir: »Bald sehen wir uns wieder. Ja, bald sehen wir uns wieder. Versprochen«

Grelles Licht. Irgendetwas steckt in meinem Hals. Alles ist verschwommen. Ich sehe Silhouetten um mich herum, aber erkenne niemanden. Alles passiert so schnell. Fremde Stimmen. Schläuche stören mein Gesicht. Ich höre meine Stimme manchmal seinen Namen murmeln und ein schwaches »Wo ist Luc?«.

Er war doch da und jetzt ist er weg, denke ich schwerlich, schaffe es aber nicht mehr, meine wirren Gedanken auszusprechen. Alles um mich herum dreht sich weiter. Man beachtet mich nicht. Dann wird es dunkel. Gedämpftes Stimmgewirr.

Ich bin woanders. Da sind wieder diese Silhouetten, die sich hektisch um mich herumbewegen, sich gegenseitig Anweisungen geben, die für mich wie Zungenbrecher klingen.

Ich erkenne, dass sie gleich aussehen, ähnliche Kleidung tragen. Im Hintergrund nehme ich ein Piepsen wahr. Das Bild wird stetig klarer. Die Personen um mich herum sind Ärzte in schneeweißen Kitteln, Fachkräfte, die versuchen mich zu retten, mich zurück ins Leben zu holen. Aber ich suche nur eine bestimmte Person.

»Wo ist Luc?«, höre ich mich wieder lallen. Sie ignorieren mich, als wollten sie ihre Aufgabe einfach abhaken. Innerlich fühle ich mich, als würde ich langsam explodieren, weil man mich nicht hört, nicht sieht. Wissen Sie überhaupt wer ich bin und wer mich kennt?, denke ich.

»Wo ist er?«, höre ich meine eigene, verzweifelte Stimme, als wäre sie nicht meine. Unkontrolliert und panisch bewege ich meine Arme, meine Hände, die an ausgenutzten, grauen Gurten angeschnallt sind.

»Beruhigen Sie sich. Es wird alles wieder gut«

Nein, denke ich. Wenn Luc nicht anwesend ist, dann ist überhaupt nichts gut. Sagen Sie mir, dass ich mir das alles nicht eingebildet habe.

Am liebsten würde ich die Kabel, die Schläuche, mit denen man mich verheddert und eingewickelt hatte, ausstöpseln.

»Bringen Sie mich zu Luc!«

Ich spüre fremde Hände, die mich festhalten, die versuchen mich wie ein wildes Tier zu zähmen. Wieder versuche ich auszubrechen. Je verbissener, und je trotziger ich es versuche, desto unerträglicher werden die Schmerzen.

In der Ferne sehe ich etwas blitzen. Etwas Spitzes, eine Nadel, die sich in meine Richtung nähert.

Jetzt merke ich, was man mit mir anstellt. Ich hatte früher darüber gelesen, über Symptome von Wahnvorstellungen, dass man Dinge sieht, hört oder spürt, die nicht real sind, die für andere nicht zugänglich sind. Ich dachte, es würde mich nie betreffen. Da fange ich an weiterzudenken. Alles beginnt sich in meinem Kopf zu verbinden, klarer zu werden.

Ich höre ununterbrochenes Flüstern, Stimmen von alten Gesprächen, die sich heraufbeschwören. Jede Silbe raubt mir den Atem.

»Ich sehe da niemanden«

»Es war niemand bei Ihnen«

»Sie ist wohl besessen von diesem Typen«

»Wie ein verrückter Fan«

»Vielleicht kann sie deshalb keinen echten Freund finden«

»Jetzt merke ich, dass mit ihr etwas nicht stimmt«

»Ich habe doch gesagt, dass sie krank ist«

»Warum sind eigentlich nur die ganzen Psychos reich und berühmt?«

Irgendwo sticht mir die Zahl zweiundzwanzig ins Auge.

»Ja, zwei Psychos haben sich anscheinend gefunden«

Ich denke wieder zu viel. Man rettet mich hier, um mich danach wieder einzusperren. Man wird mich angeschnallt lassen, als wäre ich eine Gefahr für die anderen, für mich selbst. Weil ich Lucs Existenz nicht beweisen kann. Weil ich verrückt bin.

Ich muss wieder daran denken, wie ich alleine gewesen war und jeden Tag den Tisch für zwei Personen gedeckt hatte, wie viel ich gemalt hatte, dass ich nur für Luc gelebt hatte, dass er mein ganzes Leben dominierte.

Ich erschaudere, wenn ich realisiere, wie weit mein Wahn ging und wie weit er noch gehen könnte. Dass ich mich vor mir selbst bedroht fühle, weil ich nicht mehr merken kann, dass ich den Verstand langsam verliere, ohne es zu wollen.

Ich höre mich wieder verzweifelt schreien. So laut hatte ich in meinem Leben noch nie geschrien. Der schrille Ton meiner Stimme, dieses Kreischen, dieser Ton meiner Hilflosigkeit, fängt an mir Angst zu machen. So eine tiefe, unvermeidbare Angst, die ich noch nie gefühlt hatte.

Ich spüre einen Stich, kann aber nicht mehr identifizieren, wo er gesetzt wurde.

Langsam werde ich müde, sehe, wie meine Umgebung gedämpfter wird, sehe wie alles anfängt zu schwanken, sich zu verdoppeln. Ich kämpfe gegen diesen Zustand, gegen diese Taubheit und zwinge mich dazu nicht nachzugeben, nicht dieser Müdigkeit zu verfallen. Meine Augen fallen zu. Ich zwinge mich krampfhaft sie offen zu lassen. Vergeblich.

Ich hatte nicht nur die Kontrolle über meine Emotionen, sondern auch über meinen Körper verloren.

»Gleich wird es Ihnen besser gehen«, höre ich jemanden.

Anouk hatte mich gefunden. Das hatte man mir erklärt, was ich nicht wahrhaben kann. Wenn ich dagegen ankämpfe, mich rechtfertige, werde ich schief angeschaut.

Ich hatte *seine* Stimme doch so deutlich gehört, diese Verbindung gespürt. Vielleicht war er eine Einbildung, aber meine Gefühle und meine Wahrnehmung waren echt.

Ich hatte mich noch nie wirklich gefragt, wie Anouk in mein Leben getreten war, was sie eigentlich beruflich so macht, wovon sie träumt, *warum* sie lebt, ob sie Geheimnisse hat, die sie anderen nicht verrät, ob sie zufrieden mit sich selbst ist. Ich möchte sie aber nicht fragen. Das würde ich seltsam finden. Sie war schon immer da, aber ich hatte es nie bemerkt. Bis jetzt. Ich war viel zu beschäftigt mit meiner Obsession zu jemandem, den ich gar nicht kannte, sodass ich alles in meinem *echten* Leben, verpasst hatte.

Und Anouk hatte mich angeblich gefunden, hierhergebracht, mich *gerettet*. Sie hatte sogar Zeit gefunden, mir meine Notizbücher vorbeizubringen. Sie hatte sie in einer schönen Papiertüte überreicht und eine Tafel Schokolade reingelegt, die ich so sehr mochte. Sie wusste, was mir gefiel. Und ich hatte sie nie genug geschätzt.

Ich wusste gar nicht, welche Sorte ihr gefiel, was ich ihr vorbeigebracht hätte, wenn es ihr schlecht ging. Und ich fühle mich schlecht, dass ich nicht dankbar sein kann, dass sie für mich da ist. Und ich kann mich nicht freuen sie wiederzusehen. Ich kann mich nicht freuen, dass ich am Leben bin, weil mein Wunsch zu sterben alles andere ausblendet.

Da ist Medizin in meinem Körper, die mich angeblich heilen sollte, vor meinen Wahngedanken, Wahnvorstellungen, vor meinem wahnsinnigen *Ich*.

Es fühlt sich so an, als würde man mich vergiften, meine Seele zum Schweigen bringen. Meinen Funken auslöschen, mein Talent betäuben.

Da kommen fremde Gedanken auf, die nicht meine sind, die mir Dinge zuflüstern, dass alles, was ich mir aufgebaut hatte, eine Illusion war.

Ich hatte verlernt einen Stift zu halten. Meine Hände sind nicht mehr dazu fähig, die Ideen in meinem Kopf auf Papier zu bringen. Alles, was mir wichtig war, distanziert sich von mir und verlässt mich. Und ich schaffe es nicht, mich daran festzuhalten. Ich bin viel zu müde, um dauernd weiterzukämpfen.

Was bringt es mir, wenn mein Körper eine leere Hülle ohne Emotionen bleibt? Als würde etwas in mir vor sich hinsterben. Und meine einzige Aufgabe ist es, diesen schwerfälligen Körper an sinnlose Orte zu transportieren.

Trotz allem kann ich gar nicht sauer auf Anouk sein. Ich bin nicht enttäuscht. Vielleicht muss es ja so sein, obwohl ich jetzt am liebsten zuhause wäre. Oder nicht mehr am Leben.

Sie besucht mich jeden Tag, erzählt mir etwas, aber mir fällt es schwer ihr zuzuhören, ihren Worten zu folgen. Ihr Leben geht weiter und meins wurde unterbrochen. Die Welt dreht sich weiter und ich kann nur zusehen, wie sie frei ist, wie sie sich weiterentwickelt und wie sie mühelos strahlt, wenn sie lächelt, wie sie ihr Leben zufrieden lebt. Es sieht so einfach aus.

Ich bin hier eingesperrt, isoliert von der Außenwelt, als würde ich die Anderen durch ein Schaufenster beobachten. Als wäre ich nicht wirklich dabei oder würde nicht dazugehören, aber ich bekomme alles mit.

Ich kann nur alleine durch die Gänge laufen, die nach Desinfektionsmittel und Krankheit stinken. Die Spaziergänge im Garten dieser grässlichen Anstalt tragen nicht dazu bei, meinen Zustand zu verbessern. Die bunten Blätter auf dem Boden, die kahlen Bäume um die Bänke herum und das schlossähnliche Gebäude geben meiner Umgebung eine düstere, triste Atmosphäre, als wäre ich die Protagonistin eines Horrorfilms. Als wäre ich eine Mörderin, die jemanden umgebracht hatte. Aber aufgrund meines Wahns fehlte mir die Zurechnungsfähigkeit, deshalb sperrte man mich hier ein, um mich vor der Außenwelt zu beschützen.

Und dauernd stelle ich mir vor, dass Luc neben mir läuft, dass er anwesend sei. Manchmal glaube ich seine Hand zu spüren, wie sie meine streift. Und dann zwinge ich mich selbst mir einzureden, dass das alles nur eine Illusion sei, weil ich ja hier bin. In einer psychiatrischen Anstalt.

Auf keinen Fall darf ich wieder über Luc sprechen oder ihn nur erwähnen, weil ich ja *tatsächlich* verrückt bin, wenn ich ein Bild, eine Vorstellung einer Person liebe, die mich gar nicht kennt, die nicht existiert. Denn sonst würden sie die Dosis erhöhen, bis meine ganzen Gefühle für ihn vollständig verblassen würden, bis ich ihn vergessen würde.

Nichts. Gar nichts hatten die Ärzte dort gefunden. In meinem Kopf. Umsonst musste ich Untersuchungen und Tests durchführen. Röhre, Blutabnahme. Dunkelrot. Pillen und Nebenwirkungen. Morgens Pille. Abends Pille. Pillenumstellung.

Ich denke immer noch an ihn, aber ich glaube nichts spüren zu können. Ich vermisse ihn nicht. Ich hasse ihn nicht. Ich liebe ihn nicht. Aber warum denke ich an ihn?

Ich weiß es nicht. Ich bin verloren und weiß immer noch nicht, was mit mir nicht stimmt, ob etwas mit mir nicht stimmt.

Umsonst hatte Anouk mich gerettet. Umsonst hatte ich nach Antworten gebettelt. Denn die Antwort ist: Nichts.

Ich lese den Befund immer wieder erneut durch, der neben den Aufnahmen meines Gehirns abgedruckt ist. Die Ärztinnen seien ratlos und hätten nichts Auffälliges gefunden. Das lese ich zwischen den Zeilen, zwischen den unbekannten medizinischen Fachbegriffen heraus, die für mich wie fremdsprachige Vokabeln sind, die ich nicht verstehen kann.

Nichts.

Dieses Ding in meinem Kopf ist ein Nichts. Ein unsichtbares Etwas, das man nicht erfassen, das man nicht entfernen kann. Ein Rätsel.

Und ich kann nicht einmal malen. Ich kann nicht schreiben, nicht lesen, als würde ich die Wörter nur ansehen und ihre Bedeutungen nicht mehr verstehen können. Was passiert nur mit mir?

Ich sitze auf dem Stuhl und starre. Die Arme und Beine sind so schwer. Fremde Menschen schweben an mir vorbei wie Geister. Ich bin müde, aber nicht müde genug und liege nachts wach in einer Anstalt. Ich habe verlernt zu träumen und zähle die Tage und Nächte, die ich hier verbracht hatte, wann ich entlassen werde, wie lange man mich hier noch wie ein Versuchskaninchen festhalten würde. Ich sehne mich nach Hause. Aber wo ist es, wenn es nicht bei Luc ist?

Manchmal hatte ich mir gewünscht, es wäre ein Hirntumor gewesen. Man hätte meine Schädeldecke aufgemacht und ihn einfach abgeschnitten. Und ich würde Luc vergessen. Ich würde normal werden, eine andere Person. Ich würde ihn nicht mehr mit mir herumtragen und mich fragen, wann es endlich aufhört, der Wahn, die Obsession. Ich war verrückt nach Luc. Luc hat mich verrückt gemacht. Aber wenn Luc nicht real ist, dann habe ich mich selbst verrückt gemacht. Aber wer bin ich wirklich, wenn ich gerade nicht *ich selbst* bin? Ohne dieser Erkrankung und ohne Tabletten, die mein Inneres aufsaugen.

Die Klinik war so seltsam anders aufgebaut, als ich es wohl wahrgenommen hatte, mit vielen Überbrückungen und Gängen, die die verschiedenen Gebäude miteinander verband. Manche Räume hatten Parkettböden, manche Gebäude waren aus Beton, manche Bauten sahen aus wie ein Kloster.

Ich lief, ich rannte nicht, sondern ging zügig von Gang zu Gang, um möglichst unauffällig auszusehen, dann rüber zu einem anderen Gebäude. Ich hatte vor zu fliehen, weil die Ärzte und Pfleger mir etwas antun wollten, aber ich wusste nicht so genau, was sie vorhatten.

Es war alles ziemlich unklar, ziemlich verschwommen. Ich hatte mich verlaufen. Jetzt müsste ich zurück zur Station, konnte diese aber auch nicht mehr finden. Da traf ich Luc, der mir sagte, er würde sich als Medizinstudenten ausgeben. Er fand, ich sei weder verrückt, noch krank und er wusste, wo es hier raus ginge. Er führte mich zum Ausgang. Ein riesiges Tor.

Bevor ich es erreichen konnte, wache ich auf in meiner dunklen Zelle.

»Ich würde mich gerne selbst entlassen«, fange ich das Gespräch an, gehe meine Argumente im Kopf durch, um meine behandelnde Ärztin zu überzeugen, die im schneeweißen Kittel vor mir sitzt und mich mustert.

»Meine Gefühle zu Luc haben sich verändert«, ich setze eine dramatische Pause ein.

»Ich habe in meiner eigenen Welt gelebt, die nicht real war. Ich habe mir Dinge eingebildet, die nicht echt waren. Ich habe mich getäuscht, ich habe mich selbst belogen«

Sie analysiert mich, versucht herauszufinden, wo der Haken ist, ob eine winzige Zuckung meines Körpers mich verrät.

»Ich bin bereit ein neues Leben zu führen, die Obsession hinter mir zu lassen. Ich habe gelernt in mich zu gehen, mich selbst zu reflektieren und die unrealistischen Vorstellungen von der Realität zu trennen. Das habe ich dank Ihnen gelernt. Die Therapie hat mir die Augen geöffnet, warum ich nach einem Ideal strebe, das es gar nicht gibt. Dafür bin ich Ihnen sehr dankbar«

Dann lächelt sie. Ich habe ihr Vertrauen gewonnen.

»Das freut mich für Sie! Es war ein langer Weg«

Ich habe gesiegt. Wenn ich den Schritt zur Tür wage und sie öffne, bin ich endlich frei. Als wäre ich eine Verbrecherin, die aus ihrer Zelle entlassen wird, nur dass ich mit einer Erkrankung bestraft wurde, die ich mir gar nicht ausgesucht hatte.

»Ich stelle Ihnen noch ein Rezept aus. Bitte nehmen Sie weiterhin Ihre Medikamente. Das ist sehr wichtig«

Ihre Stimme vermischt sich mit meinem Tagtraum. Ich sehe mich vor mir, wie ich mit meinem Koffer vor dem Ausgang stehe, die kalte Herbstluft inhaliere und ich kann hören, wie das vertrocknete Laub unter meinen Schuhen knirscht, wenn ich die ersten Schritte in der Freiheit laufe. Was mache ich mit so viel Freiheit, mit so viel Zeit?

»Bei akuten Notfällen wenden Sie sich bitte unter dieser Nummer...«

Ich beobachte sie, wie sie auf einem Flyer eine Telefonnummer einkreist. Ich nicke, kann meine Euphorie aber noch zurückhalten, mein inneres Kribbeln, meine kindliche Aufregung. Gleichzeitig weiß ich, wann ich nicken und bejahen muss, um zu signalisieren, dass ich stabil, aufmerksam und präsent bin, damit meine Tarnung nicht auffliegt.

Ich rolle meinen Koffer hinter mir her. Die Ärztin drückt mir einen Briefumschlag und ein weiteres Stück Papier in die Hand und verabschiedet sich von mir.

Da drauf stehen die Namen der Pillen, die ich nehmen muss und die Menge. Den Briefumschlag würde ich zuhause öffnen. Wie in meinem Traum eile ich zum Ausgang. Ich fliehe vor der Vergangenheit, vor den Dingen, die ich hier erlebt hatte, die ich am liebsten auslöschen möchte. Ich will mich nicht von den anderen Patientinnen verabschieden. Ich möchte nicht beneidet werden für meine Lügen, für meine Freiheit. Ich möchte ihre traurigen Blicke nicht ertragen.

Bevor sich die automatischen Türen öffnen, streift mich eine Hand. Reflexartig drehe ich mich um und sehe eine Person an mir vorbeilaufen, fast schweben. Die Haarfarbe war dunkel. Vielleicht bildete ich mir das ein, doch sein Gesicht sah aus wie Lucs.

Ich strecke meinen Kopf nach oben und starre die Sterne an, wie sie mich freundlich und tröstend anfunkeln. Ich stehe hier ganz alleine und glotze sie an, spüre kurz eine Verbindung mit dem Universum. Ich glaube an das Schicksal, aber warum musste es mich so sehr bestrafen? Und immer wenn ich weggehen möchte, kommt immer wieder etwas auf mich zu, das mich zurück ins Leben holt.

Es ist Neumond. Er ist nicht am Himmel sichtbar. Und ich habe niemanden bei meiner Seite, mit dem ich reden könnte, darüber, was in mir gerade vorgeht, was mit mir passiert.

Und immer noch denke ich an Luc, als würde er neben mir laufen. Ich sehe ihn nur nicht. Vielleicht denkt er an mich. Er ist in meinem Kopf. Und ich werde nicht wissen, wie lange er dort noch bleiben wird. Vielleicht möchte ich ihn nicht vergessen. Und das macht mich so wütend, so verärgert, dass ich mich mit allen Mitteln wehre ihn zu vergessen. Er kommt immer wieder irgendwie zurück, als würde ein ewiger Fluch auf mir liegen. Seine Lieder werden im Radio in Dauerschleife gespielt. Überall sehe ich sein Gesicht und glaube mich selbst in ihm sehen zu können, obwohl wir uns überhaupt nicht ähneln. Und dann sehe ich herzförmige Waffeln, und dieselbe Sorte Nougatschokolade von dieser einen Marke, die wir beide so sehr mögen.

Ich sehe Plakate, dass ein Alice-im-Wunderland-Theaterstück irgendwo stattfinden wird. Und die Farbe rot. Die Symbole überraschen mich, verfolgen mich, egal wo ich hingehe. Irgendwo sind dekorative Spielkarten aufgeklebt. Herzdame neben Herzkönig. Sie schaut ihn an, aber seine Augen sind immer in eine komplett andere Richtung gelenkt.

Überall lese ich seinen Namen. Luc. Der Protagonist eines Films im Fernsehen heißt Luc. Wenn ich in einem Buchladen einen Roman aussuchen möchte, lese ich im Klappentext dauernd etwas von einem »Luc« und lege die Bücher angeekelt weg, wenn dieser Namen in mein Auge sticht, ohne wissen zu wollen, wie es weitergeht. Am überfüllten Bahnhof ruft jemand einen »Luc« und ich ertappe mich wie ich mich neugierig umdrehe, als hätte man *mich* gerufen, den Namen eines Fremden, der für mich eigentlich gar kein Fremder ist.

Es verfolgt mich. Ich kann mich davor nicht verstecken. Es macht mich wahnsinnig. Und ich möchte diese Hölle nicht noch einmal erleben. Die Anstalt. Die Schreie. Die Stimmen. Die Medikamente. Der innere Zerfall.

Ich erinnere mich an den medizinischen Geruch. An die farblosen Räume. An die Ärzte mit ihren schneeweißen Kitteln. An die Visiten, in denen ich kurz davor war in Tränen auszubrechen. An die anderen vom Schicksal gezeichneten Menschen. Einsamkeit. Isolation. Leere Gespräche.

Ich sehe meinen Atem mit der kalten Luft vermischen. Helle Wölkchen vor meinem Gesicht. Ich bin frei. Es ist vorbei. Und dennoch suchen mich diese Erinnerungen heim und sperren mich wieder ein.

Ich schaue mich diskret um und fange an, zu den Sternen zu sprechen. Am liebsten würde ich es verfluchen, das Universum beschimpfen. Ein wenig fange ich an mich zu schämen, dass ich lieber alleine mit mir selbst spreche, als meine Gefühle, meine Geheimnisse jemand anderem anzuvertrauen. Warum musste mir das alles passieren? Ich bin alleine in dieser großen Welt.

Und alles, was ich wollte, war es, jemanden lieben zu können, der mich auch liebt. Ist das für mich überhaupt möglich? Gibt es diese Person für mich da draußen? Irgendwo?

Ich kann nur an Luc denken, als würde meine Fantasie nicht ausreichen, mir eine andere Person vorzustellen.

Überall sehe ich nur Luc. Sein Gesicht blitzt vor meinem geistigen Auge. Und dann sehe ich die Szene vor mir, von dem Mann aus der Klinik. Er hatte sich, nachdem ich ihn an mir vorbeilaufen sehen hatte, zu mir umgedreht. Er sah Luc so verblüffend ähnlich. Ich konnte nur kurz seine Augen sehen, den Gesichtsbau, die Komposition.

Er sitzt vor mir. Er heißt Victor und hatte damals ein Praktikum in der Psychiatrie gemacht, als ich ihn das aller erste Mal an mir vorbeilaufen gesehen hatte. Am Tag meiner Entlassung. Wir waren uns danach aber schon öfters begegnet, als würden wir fühlen können, wer sich wo zu welchem Zeitpunkt befand, obwohl ich damals nicht wusste, wer er war, wie er hieß. Er erkannte mich nie, weil er Probleme hat sich Gesichter zu merken. Vielleicht hatte er mich einfach vergessen oder er war zu beschäftigt.

Ich hatte ihn draußen verfolgt, als er einen Geldschein verlor. Ich hob ihn daraufhin auf, sprintete in seine Richtung, rannte so schnell ich konnte, weil ich dachte, dass ich hier die Chance meines Lebens verpassen würde. Meine Lunge hatte so fürchterlich gebrannt.

Und ich konnte nur ein »Entschuldigung, du hast hier etwas verloren«, hauchen. Und da drehte er sich um und schaute mich an. Sprachlos nahm er den Schein an, wie ein viel zu großzügiges Geschenk, bedankte sich dann endlich zögernd.

Ich weiß noch, wie mein Herz anfing zu rasen, sodass ich dachte, dass ohnmächtig werden würde. Mein Gesicht glühte. Es war, als würde eine Version von Luc Morel vor mir stehen.

Seine Augenfarbe war dieselbe wie Lucs, die Wangen, die Form der Lippen. Je länger ich ihn betrachtete, desto mehr Merkmale waren ähnlich zu ihm. Nur die Haare waren dunkel. Nur das Strahlen in seinen Augen fehlte.

Weiß er eigentlich, dass er Luc ähnlich sieht?, dachte ich. Ich starrte ihn an wie ein Bild in einer Galerie und vergaß die Zeit, die Stille, die sich zur Fremdscham umwandelte. Ich musste etwas erfinden, ein Gespräch anfangen, um den Moment weniger peinlich zu gestalten.

»Entschuldigung, dass ich so starre, aber du kommst mir so bekannt vor«

»Wirklich? Tut mir leid, ich erinnere mich nicht«

Seine Stimme war ein wenig anders als Lucs. Etwas abgehackt, weniger melodisch.

»Du kommst mir so bekannt vor«

»Ich habe Schwierigkeiten mir Gesichter zu merken und sie wiederzuerkennen«

Alles klar. Ich nickte. Er schaute zu Boden und lächelte verlegen. Ich sah ein Grübchen. Er lächelte fast genauso wie es Luc getan hätte. Er bewegte sich sogar fast wie er. Aber irgendetwas war aber anders an ihm, sodass ich merkte, dass es nicht Luc mit einer anderen Haarfarbe war. Er besaß eine andere Energie, eine andere Aura. Wenn Luc die Sonne war, dann war Victor der Mond.

»Was ist dein Sternzeichen?«, platzte es aus mir heraus. Ich tat alles, um dieser peinlichen Stille zu entkommen.

»Es ist wissenschaftlich belegt, dass Sterne und Planeten keinen Einfluss auf uns haben«

Sein Lächeln verschwand. Sein Gesicht war wie aus Marmor.

»Aber die Gezeiten und der Mond und«, stammelte ich.

»Ich muss jetzt leider los«, sagte er monoton und ging, als würde er vor dem Gespräch fliehen wollen. Ich schaute ihm nach, beobachtete ihn wie er sich von mir entfernte und im Nebel verschwand.

Ich schaffte es ihn zu verfolgen, ihm nachzulaufen, herauszufinden, wo er wohnt. Eines Tages, als er nicht zuhause in seiner Wohnung war, war ich eingebrochen und fand alles, was ich brauchte: Informationen. Danach beschloss ich Liebesbriefe zu verfassen. Jeden Tag eine Rose und eine schnulzige Nachricht auf seinem Fußabtreter zu hinterlassen.

Dann hatte sich ein ganzer blutroter Rosenstrauß gebildet. Ich lud ihn zu mir ein, erwähnte eine Party und wenn er nicht kommen würde, dann würde ich mir etwas antun. Es würde seinen Ruf als angehenden Psychiater beschmutzen.

Ich manipulierte ihn, ich erpresste ihn und ich tat es eigentlich aus Spaß. Ich fand es fast befriedigend mir auszumalen, dass er Angst vor mir haben würde, dass er sich vor mir fürchtete und dass ich vor allem mächtiger war als er.

Niemals hätte ich damit gerechnet, dass er hier tatsächlich erscheinen würde, denn ich dachte dass es wahrscheinlicher wäre, dass er mich anzeigte, dass man nach mir suchen und mich am Ende bestrafen würde. Und dann konnte ich nachts nicht mehr schlafen, weil ich diese Tat bereute. Ich bekam wieder

Angst, dass man mich wieder in diese nach Psychosen und Tabletten stinkende Klinik stecken würde. Aber es hatte so viel Spaß gemacht die psychisch Kranke zu spielen.

Und jetzt sitzen er und ich alleine in meinem Wohnzimmer und wir versuchen uns zu unterhalten. Es gibt eigentlich gar keine Party. Davor musste ich ihm vorspielen, dass meine Freundinnen mich heute im Stich gelassen hatten.

Jetzt starre ich ihn wieder an in sein perfektes Gesicht, das Luc so verblüffend gleicht und frage mich, warum er *tatsächlich* erschienen ist. Vielleicht bin ich ihm wichtig. Vielleicht hat er sich in mich verliebt. Vielleicht hat er Angst vor mir.

Victor studiert Medizin und möchte eines Tages Psychiater werden. Er ist ziemlich schüchtern. Das merke ich an seiner Haltung und daran, wie er die Arme verschränkt und nicht wirklich weiß, was er sagen soll. Ich sehe, wie er krampfhaft überlegt, ein Gespräch anzufangen und sich stattdessen lieber umsieht. Er mustert meine abstrakten Bilder und denkt sich etwas dabei. Ich kann seine Gedanken nicht deuten. Ich glaube es ist eine Mischung aus Skepsis, Verwunderung, Abneigung. Ich glaube einen Hauch von Neugier erkennen zu können.

Er schaut die große Leinwand an, mit roten und weißen Linien, die sich wie Wellen ineinander verschlingen, aber ihre Farben nicht miteinander vermischen. Er neigt dabei seinen Kopf nach links. Sein Glas ist noch voll mit Rotwein. Meins ist schon leer. Es steht daneben. Im Hintergrund läuft eine Schallplatte mit Cello und Klaviertönen.

»Gefällt es dir?« , frage ich.

»Mhm«, höre ich. Es ist anstrengend mit ihm zu sprechen. Alles muss man ihm aus der Nase ziehen. Es ermüdet mich nachzufragen. Vielleicht möchte er einfach nur schweigen. Er ist ein Rätsel.

Meine Augen kleben an ihm, an seinem Gesicht, als hätte man Lucs ausgeschnitten und auf Victor genäht. Er war ihm wie aus dem Gesicht geschnitten. Doch da ist diese mysteriöse Kälte in seinem Blick, die Luc nicht besessen hatte.

Ich beobachte entzückt seine braungrünen Augen, die sich ängstlich und doch so gierig hin- und her bewegen, nicht wissen, was sie sich in diesem prächtigen Raum voller Kunstwerke zuerst anschauen sollen. Meine Welt ist nicht seine.

Es ging alles so schnell. Wir kamen wieder ins Gespräch, aber ich hatte vergessen, wie genau es angefangen hatte, als wäre ich wieder in einem Traum gewesen. Wie gesagt, er wirkte zuerst ziemlich schüchtern. Ich erinnere mich, wie er zugab, dass er keine Angst vor mir hatte. Ironischerweise saß er mit verschränkten Armen auf meinem Sessel, als würde er sich vor mir fürchten. Ich hakte nach.

Dann erklärte er mir, dass die Angst einen Fehler zu machen, mich zu enttäuschen, viel größer war als, dass ich ihm etwas antun würde.

»Aber die Angst, dass ich dir etwas antun würde, hast du auch, oder?«, fragte ich provokant.

»Nein«, antwortete er. Ich schaute ihm in seine Augen, als würde ich durch Lucs Augen schauen, wartete auf ein verräterisches Zucken, prüfte, ob er mich vielleicht anlog. Er entwich meinem Blick nicht. Er war tatsächlich ehrlich, aufrichtig. Und wieder fragte ich mich, was er bei mir verloren hatte.

»Du hast mich eingeladen und ich bin hergekommen. Ich hatte Zeit und warum hätte ich absagen sollen?«

Logisch, aber seltsam. Ich schüttelte den Kopf. Die ganze Situation erschien mir so bizarr.

Er atmete tief ein und öffnete sich mir plötzlich. Er schüttete mir sein ganzes Herz aus, als wäre er der Patient und ich seine Therapeutin.

Er hatte manchmal Angst vor sich selbst, dass er sich selbst anders wahrnahm als andere, dass etwas falsch mit ihm sei. Er fühlte sich einsam. Er musste für viele Dinge viel mehr opfern, viel härter arbeiten als andere. Er wurde misstrauisch, fühlte sich beobachtet. Er wollte niemanden hören, niemanden sehen. Er isolierte sich und blieb nur noch alleine, lernte, bis er perfekte Noten schrieb. Es gäbe in seinem Jahrgang Typen, die es schafften, regelmäßig zu den Vorlesungen zu erscheinen, am Wochenende unterwegs zu sein, auf Parties Drogen zu nehmen, andere Leute kennenzulernen, eine Freundin zu haben, Beziehungen zu pflegen und dann auch noch gute Noten zu schreiben. So war er nicht. Er wurde damit nicht gesegnet. Und er war neidisch auf alle. Er hörte auf sich für die Erfolge anderer zu freuen. Nur er sollte belohnt werden. Nur er sollte bessere Leistungen erbringen.

Er war anders und fühlte sich ständig so, als würde er nicht wirklich irgendwo dazugehören, als würde man nur sagen, dass man ihn verstehen würde, es aber nicht nachvollziehen können.

Er verbrachte die Zeit eigentlich gerne alleine. Niemand störte ihn, niemand beeinflusste ihn und seine Laune. Niemand kommentierte sein Verhalten. Er konnte machen, was er wollte, denken, was er wollte. Er war niemandem zu viel, zu ruhig, zu schüchtern, zu aufgeregt, zu ehrgeizig. All diese Eigenschaften nahm er an. Er war einfach nur er selbst, war lange glücklich damit, strahlte wie die Sonne, bis seine Eltern begonnen hatten sich Sorgen, um ihn zu machen, warum er denn niemanden hatte, seine zweite Hälfte so lange nicht finden konnte, was denn *falsch* mit ihm sei.

Und dann hatte ihn die bittere Einsamkeit am Ende doch heimgesucht, die er so lange romantisiert hatte. Vielleicht hatte er sich selbst belogen, alleine klarkommen zu können. Am Ende wollte er auch wissen, wie es war, von jemandem geliebt zu werden, den er liebt. Vielleicht war das auch eine Art der Selbsttäuschung gewesen. Vielleicht hatte er es gar nicht verdient geliebt zu werden.

Der so rätselhafte, ruhige Victor sprach, ohne Punkt und Komma, ohne, dass ich ihn unterbrechen konnte. Oder ihn sogar unterbrechen *wollte*, weil es sich so anfühlte, als hätte er mir meine eigenen Gedanken vorgelesen. Es erinnerte mich an den Moment, als ich alleine spazieren gegangen war und mit den Sternen gesprochen hatte, sie angebetet hatte. Und jetzt saß er vor mir, als hätte er meine verzweifelten Rufe gehört.

»Man kann nicht alles haben. Es fühlt sich so an, als müsste man immer auf etwas verzichten«, sagte er am Ende mit einem schweren Seufzen. Und das hatte er mir alles anvertraut, als wir in meinem Wohnzimmer saßen, auf einer Party, die es gar nicht gab, die ich erfunden hatte. Dann wirkte er so entspannt, dass er das alles endlich loswerden konnte.

Ich hatte ihm dann alles von meiner Kunst erzählt. Ich erzählte ihm Geschichten über die Bilder, die in den Räumen hingen. Er hörte mir aufmerksam zu. Und als er das tat, betrachtete er *mich* und nicht meine Bilder, als würde er lieber meiner Stimme zuhören und analysieren, mit welcher Melodie sie etwas sagte, welche Wörter sie betonte. Als würde er nicht darauf achten, *was* ich sagte. Ich hätte Wörter erfinden können oder zusammenhanglose Sätze basteln können, die er nicht verstand und dennoch würde er mir mit so viel Aufmerksamkeit zuhören.

Er interessierte sich wohl nicht für meine Bilder. Ich erzählte so viel, verhedderte mich in meinen Worten, aber keins von ihnen handelte von Luc. Ich erwähnte seinen Namen nicht und dann hörte ich auf zu reden. Es war still. Wir hatten so lange gesessen, dass wir nicht einmal bemerkt hatten, dass die Musik schon längst verstummt war. Man konnte nur das Ticken der Standuhr im Hintergrund hören.

»Victor, warum schaust du meine Bilder nicht an?«

Ich sprach aus Versehen meine Gedanken aus, die ich für mich behalten wollte. Es war mir plötzlich so herausgerutscht.

»Victor, warum bist du wirklich hier?«

Was danach passiert war, was er danach geantwortet hatte, habe ich vergessen. Wie gesagt, es ist ziemlich viel passiert und wir verbringen viel Zeit miteinander. Er erwähnt oft, dass er dankbar ist, dass ich in sein Leben getreten war, dass er es niemals bereuen würde, zu mir zu kommen. Wir verreisten in den Ferien. Ich zeigte ihm malerische Orte, die er noch nie gesehen hatte. Wir gingen in Galerien und ich erzählte ihm etwas über zeitgenössische Kunst, obwohl ihn das nicht interessierte.

Da sagte er etwas, was ich niemals vergessen werde: »Ich habe Kunst nie gemocht. Ich habe sie verachtet, weil ich sie nicht verstehe. Aber, wenn du darüber redest, ist es etwas anderes. Wenn du darüber sprichst, höre ich heraus, dass es dir wirklich Freude bereitet, und das bereitet mir auch Freude«

Ich fühlte mich gesehen. Ich fühlte mich geschätzt und gleichzeitig brach meine Welt in dem Moment zusammen. Ich war entzückt und betrübt zugleich. Ich konnte nicht verstehen, nicht begreifen, wie man Kunst nicht mögen konnte. Was wäre die Welt nur ein grauenhafter Ort ohne Schönheit, ohne Malerei, ohne Kunst, die uns ermöglicht unsere Emotionen und unsere unsichtbaren Gedanken in Bilder und Melodien zu beleben? Und wenn Victor Kunst nicht begreifen konnte, dann verstand er auch nicht, *warum* ich eigentlich lebte.

Es ist alles so seltsam, wie schnell sich mein Leben so geändert hatte. Da ist Victor auf meiner Seite, der mir zuhört, der mir Aufmerksamkeit schenkt, mich nicht einmal traut zu berühren, weil er Angst hat mir wehzutun. Er würde lieber sich selbst verletzen, als *mir* wehzutun. Er hat unendlich viel Zeit für mich und trägt Lucs Gesicht, ist ihm aber überhaupt nicht ähnlich. Stattdessen spricht er von Krankheiten, Bakterien und Medikamenten.

Es scheint alles so perfekt, wie wir zusammen unter dem Mondlicht spazieren gehen und zuhause meine Lieblingslieder hören. Er vertraut mir voll und ganz. Ich spüre, wie seine

Schüchternheit und seine Zweifel verschwinden, wenn ich bei ihm bin.

Ich weiß, dass ich dankbar sein sollte, aber es fehlt immer irgendetwas. Es riecht nicht nach Glück. Die Farben sehen aus wie ausradiert. Seine Augen funkeln nicht wie die Sterne. Ich fühle mich nicht, als würde ich nicht wirklich leben, sondern in einer fremden Parallelwelt existieren, in der alles und dennoch nichts so ist, wie ich es mir wünsche. Ich sehne mich nach Tiefe, nach einer Verbindung, die es vielleicht gar nicht gibt.

Ich liebe Victor nicht.

Bevor wir mein Atelier betreten, sage ich ihm, dass er der Einzige neben mir sei, der Zugang zu diesem Raum hätte. Dann öffne ich die Tür und eröffne ihm somit meine kleine Welt, zeige die ganzen Portraits, die ich nicht mehr vor ihm verstecken möchte. Die hellen Haare auf den Bildern hatte ich mit dunkler Farbe übermalt. Es waren vielleicht hundert Tafeln. Ich hatte nicht gezählt. Er starrt die verschiedenfarbigen Gesichter im Raum an wie hundert Spiegel.

»Bin das ich?«, stammelt er ungläubig. Ich nicke. Er kann den Blick kaum von seinen Bildnissen abwenden. Er wirkt erstaunt, überrascht.

»Gefällt es dir?«, frage ich verunsichert.

Meistens war es mir gleichgültig, was andere von meiner Kunst hielten, aber wenn Victor es kritisieren wird, dann wäre ich verloren. Vielleicht lag es wieder daran, dass es meine intimsten Werke sind, dass er nicht meine Kunst, sondern meine Gefühle, meine Wahrnehmung, mich selbst verletzen würde.

Vielleicht mache ich ihm Angst damit. Vielleicht wird er denken, dass ich besessen, verrückt nach ihm bin.

Sein Blick schweift ein zehntes Mal durch den Raum und ich glaube ein Lächeln zu sehen, ein Strahlen in seinen Augen.

»Ja, es ist wirklich schön«, flüstert er ungläubig. Seine Augen füllen sich mit Tränen.

»Das hat noch niemand für mich gemacht«

Ich nehme ihn in den Arm, versuche ihn zu beruhigen. Das ist das erste Mal, dass ich ihn wirklich trösten und festhalten will, nicht weil er wie Luc aussieht, sondern wirklich aus purem Mitleid.

Und während wir Arm in Arm in meinem Atelier stehen, kann ich meine Gedanken kaum bremsen. Er trägt die Kleidung, die Luc immer getragen hatte. Er weigert sich nicht, obwohl ich sehen kann, dass es ihm nicht gefällt, dass es nicht sein Stil ist. Ich sehe, dass er sich unwohl fühlt, weil ich fünfstellige Beträge dafür gezahlt hatte. Ich merke, wie er die Kleidung trotzdem schätzt und aufpasst, dass sie nicht schmutzig wird. Ich sehe, wie er sie am liebsten ausziehen, sie vom Leib reißen möchte, weil er nicht daran gewöhnt ist, diese edlen Stoffe zu tragen. Für mich spielt er eine falsche Rolle.

Trotz allem mache ich weiter. Trotz allem bleibt er bei mir, obwohl er jederzeit gehen könnte. Er ist die Grundlage, meine Leinwand, die darauf wartet, dass ich sie bemale, wie ich will. Er ist ein Text, dessen Passagen ich ausschneiden und neu anordnen kann, sodass eine neue Handlung entsteht. Ich muss ihm nur einen kleinen Feinschliff verpassen, damit ich lernen kann, ihn zu lieben.

Vielleicht hoffe ich, dass ich mich langsam an Luc annähere, als würde er in Victor weiterleben. Ich bringe ihn dazu meine Kunst zu mögen. Ich lasse im Hintergrund immer Musik oder das Radio laufen, damit er sich an die Melodien gewöhnt, damit er lernt die Schönheit in den Klängen zu sehen. Und wenn eins von Lucs Liedern gespielt wird, wechsle ich unauffällig den Sender.

Ich nehme ihn mit, wenn ich in eine Galerie gehe, während ich die Werke betrachte und mir die Biografien der Künstlerinnen und Künstler aufmerksam durchlese, um zu begreifen, wie sie auf ihre Bildideen gekommen waren. Da merke ich immer, wie Victor versucht, sein Gähnen zu unterdrücken. Ich zwinge ihn dazu mit mir meine Lieblings-Independent-Liebesfilme anzusehen, die die meisten eher ereignislos und öde finden. Ich bin dagegen begeistert und finde, dass sie eine Tiefgründigkeit besitzen, die mich am Ende zum Weinen bringen. Man wird nicht mit Spezialeffekten überfordert und kann in Ruhe der Geschichte folgen.

Und immer, wenn meine Augen den Bildschirm nicht loslassen können, versucht Victor sein Bestes nicht einzuschlafen, lügt aber am Ende immer, dass ihm der Film sehr gefallen hat und spricht mit mir über die Handlung, die er davor auf Wikipedia googlet, um mich zu beeindrucken.

Er passt sich schnell an. Er spielt einfach mit. Er weiß, was ich hören möchte. Ich weiß, dass ich alles aus ihm machen könnte. Ich weiß, dass er wirklich *alles* für mich tun würde und wirklich alles für mich erträgt und sogar durch die Hölle laufen würde, weil er einsam und abhängig von mir ist.

Das weiß ich ganz genau. Das kenne ich nur zu gut. Weil ich an seiner Stelle gewesen war. Und tief im Inneren weiß ich, dass Luc eigentlich gar nicht da ist. Dass Victor niemals so sein wird wie Luc.

Blond.

Ich habe Haarfarbe gekauft.

Er hatte meine Andeutungen nicht verstanden. Ich hatte dauernd Dinge gesagt wie:

»Blond würde dir ziemlich gut stehen. Es würde deine Augenfarbe unterstreichen«

Es hatte ihn nicht interessiert. Er hatte nur die Schultern gezuckt, als wäre es ihm egal gewesen. Und jetzt guckt er überrascht, wie ich ihm die Packung Haarfarbe zeige, obwohl ich schon relativ lange darüber spreche.

»Ist das für mich?«, fragt er.

Ich nicke. Es fehlt nur noch ein kleiner Schritt, bis er endlich zu einer Kopie von Luc wird.

Victors Blick füllt sich mit Angst und Schrecken, als würde er gerade einen Albtraum durchleben, als würde ich ihn gleich umbringen oder damit vergiften.

»Nein. Ich will das nicht«, sagt er.

Meine Freude, meine Hoffnung löst sich auf. Es hatte doch alles so gut angefangen.

»Ich bin zufrieden mit meinem Aussehen. Warum sollte ich mich ändern? Vor allem die Haare. Und ausgerechnet blond. Das würde mir gar nicht stehen«, sagt er.

Trotz seiner Angst höre ich eine felsenfeste Überzeugung in seinen Wörtern. Ein Selbstbewusstsein, dass man ihn gar nicht von seiner Meinung, von seinem Standpunkt abbringen kann, was mich völlig verwirrt. Das ist nicht der Victor, den ich kenne.

Das habe ich tatsächlich nicht kommen sehen. Ich dachte tatsächlich, dass er alles mit sich machen lässt. Ich wusste nicht, dass das ein Hindernis werden würde. Victor ist mein Kunstwerk und Kunst sollte grenzenlos sein.

»Was denkst du eigentlich, wer du bist?«, frage ich plötzlich. Ich hatte nicht auf meinen Ton geachtet. Ich schrie ihn an. Zum ersten Mal. Dann war es plötzlich still. Am liebsten hätte ich mich zurückgezogen, mich entschuldigt, wollte aber mein Ziel nicht aus den Augen verlieren. Er verzieht sein Gesicht.

»Was ist denn mit dir passiert?«, antwortet er. Er hat tatsächlich keine Angst. Dann ist es wieder still.

Luc hätte mich jetzt schon längst angegriffen, einen Weg gefunden, mich zum Schweigen zu bringen. Und Victor macht das gleiche, nur eben mit Worten.

Ich bin sprachlos. Der so schüchterne und zerbrechlich wirkende Victor, der sich alles gefallen lassen hatte, konfrontiert mich auf einmal. Man konnte ihn doch so leicht manipulieren.

Er erinnert mich so sehr an mich selbst, wie ich früher war und das hasse ich so sehr daran. Verdammt, ich war so nah dran, warum muss er jetzt aufgeben? *Tu doch einfach, was ich sage, so wie davor*, denke ich.

»Wie redest du mit mir?«, fragt er mich verdutzt, als könnte er Gedanken lesen. Mit demselben Lächeln, die die Sanitäterin hatte, als sie mich im Auto aufgefunden hatte. Er bekämpft mich einfach nur mit einem Blick, den ich mit »Du bist einfach nur verrückt«, übersetze.

Ich fühle mich so machtlos. Es war doch so einfach. Er tat einfach nur das, was ich sagte und plötzlich hört er damit auf. Mein Ego fällt auseinander. Das muss ich wieder aufbauen.

»Ich dachte, dir hat es doch so viel Spaß gemacht mir jeden einzelnen Wunsch zu erfüllen. Du hast alles für mich getan. Du hast dich bei mir so lange eingeschleimt, weil du Angst hattest, ich könnte dich verlassen. Weil du ohne mich nicht mehr leben kannst. Und jetzt hörst du einfach damit auf? Ich verstehe dich manchmal nicht. Du bist ein Rätsel. Du sagst, du bist unabhängig, aber tief im Inneren bist du einsam. Und du bist wirklich bereit alles zu tun, um mir zu gefallen. Du gibst lieber dich und deine Persönlichkeit auf und spielst eine falsche Rolle, als deine Zeit alleine zu verbringen. Kein Wunder, dass du keine echten Freunde hast. Kein Wunder, dass dich niemand mag. Du machst nur das, was man von dir erwartet. Du bist innerlich leer, total hohl. Und du lebst nur für mich. Du bist ein Niemand, ein Nichts ohne mich«, sage ich und kann mich kaum bremsen.

Ich hatte ihm das alles vorgetragen, als hätte ich das zu mir selbst gesagt, zu meinem eigenen Spiegelbild. Und ich finde sogar Gefallen daran ihn zu verletzen, ihn innerlich aufzuritzen mit meinen Worten.

Und ich wünsche mir heimlich, dass ich Victor irgendwo treffe, dass er jetzt vor mir zusammenbricht und anfängt zu schluchzen, zu heulen. Ich bin zu dem Monster geworden, das ich in Luc gesehen hatte.

Er schaut mich aber einfach nur an.

»Das kann ich doch auch über dich sagen. Ich bin zwar ein Nichts ohne dich, aber du bist es genauso«

Ja, er hatte recht. Doch das will ich nicht wahrhaben. Es erinnert mich an damals. An den Streit, an die Konflikte, an die Verletzungen, auch wenn sie wahrscheinlich nur ein Teil meiner Fantasie waren. So hatte es damals auch angefangen.

Vor allem stört es mich aber, wie selbstbewusst er auf einmal wirkt, wie herablassend er mit mir spricht. Und ich bin neidisch, dass er weiß, wie er sich wehren kann, und den Mut hat, den Mund aufzumachen, den ich früher unterdrücken musste.

Ich fühle mich wie in einer Endlosschleife. Ich bin gefangen in einer Sequenz, die sich immer wieder wiederholt.

In meinen Händen kribbelt es. Ich könnte ihn erwürgen, als wäre er keine andere Version von Luc, sondern eher eine andere Version von mir selbst, als würde er die hässlichsten Seiten von mir darstellen, die ich an mir gehasst hatte und immer noch hasse. Meine Wut, mein Neid machen mich sprachlos.

Impulsiv greife ich zur Rotweinflasche auf dem Couchtisch und werfe sie zu Boden, um das Déjà-Vu zu stoppen, um aus der Schleife auszubrechen.

Das Geräusch vom zerbrechenden Glas ist so erschreckend laut, sodass ich sehe, wie Victor zusammenzuckt und hoffe, dass es meine Gedanken und meine Erinnerungen übertönt. Er hält sich die Ohren zu. Der Boden ist überschwemmt von der roten Flüssigkeit, die mich an Blut und an meine inneren Schmerzen erinnert.

»Was kannst du denn über mich sagen? Dass ich innerlich leer und hohl bin? Dass ich keine Freunde habe? Ich verstelle mich wenigstens nicht. Für niemanden. Alles, was ich tue, tue ich aufrichtig. Hast du vergessen, was ich für dich getan habe? Ich mache dir Geschenke, ich teile mit dir mein Zuhause, mein Leben, meine Welt. Meine Bilder, meine Kunst handelt nur von dir und du redest so mit mir? War das der Dank dafür?«, schreie ich cholerisch.

Ich greife nach seinen Handgelenken. Er versucht sich verzweifelt zu wehren. Langsam sehe ich, wie er sich endlich vor mir fürchtet, wie er innerlich betet, dass ich ihn loslasse.

»Bin ich etwa nicht gut genug für dich?«, höre ich mich fast schluchzen.

Ich würde ihn am liebsten verprügeln, sehen wie er blutet, zusehen wie er leidet, bis er bereuen würde, mir diese Dinge gesagt zu haben. Er ist mit egal, denn ich liebe ihn nicht. Er ist nicht Luc und er wird niemals Luc sein, egal wie sehr wir *uns* anstrengen. Ich möchte meine Wut herauslassen, bis nichts mehr übrigbleibt.

Ich kann mich nicht kontrollieren und kann nur spüren, wie meine Hände seinen Hals festhalten und ihn würgen. Sein Kopf prellt gegen die weiße Wand, so wie es mir passiert ist. Und ich kann nur beobachten, wie seine Augen sich mit Tränen füllen.

Ich kann nur meine eigene Stimme rufen hören: »Du bist abhängig von mir, hast du das etwa vergessen? Keiner braucht dich, Victor! Alles, was dich am Leben hält, bin ich«

Instinktiv greift er nach eines meiner eingerahmten Bilder. Er schlägt es mir heftig auf meinen Kopf. Das Glas zerschellt in tausend Teile. Die Scherben verfangen sich in meinen Haaren.

Ich sinke zu Boden. Der stechende Schmerz auf meiner Kopfhaut breitet sich aus und betäubt meine Wut, meine Verwirrung. Nach diesem Knall ist alles still. Alles ist so klar, als wäre ich wachgerüttelt worden. Was war nur in mich gefahren?

Ich wusste nicht, dass ich so voller verdrängter Emotionen bin, die ich verstecke und herunterschlucke, die jetzt an die Oberfläche kommen. Ich schäme mich. Ich fühle mich schuldig. Er hatte mir seine Sorgen und Ängste anvertraut und ich feuerte sie ab wie eine Waffe. Am liebsten würde ich wieder verschwinden, die Szene überspringen. Bin das wirklich ich? Ist das hier mein wahres Ich?

»Du hast recht«, sagt er nach einem Moment.

Ich kann ihm nicht folgen. Ich verstehe nicht mehr, was er sagt, verstehe nicht, was die Wörter, die er verwendet, überhaupt bedeuten.

»Es tut mir leid«, sagt er.

»Nein, mir tut es leid«, unterbreche ich.

»Du weißt, wo die Tür ist. Du kannst jederzeit gehen. Ich halte dich nicht gefangen«, erkläre ich.

Das sind meine letzten Worte.

Er würde mich sowieso nicht verlassen, kommt es mir plötzlich in den Sinn. Aber nach dieser Szene, nach diesem Ereignis, fange ich an zu glauben, dass sich unsere Wege hier teilen werden, dass wir hier auseinandergehen werden.

Ich versuche meine siedenden Tränen zu unterdrücken. Es klang so simpel. Geh und ich werde dich vergessen. Geh fort, es wird schon gut werden.

Aber wenn er jetzt geht, dann wüsste ich nicht mehr, was ich mit meinem Leben anfangen, mit wem ich mein Glück teilen soll. Ich würde es nicht mehr überleben. Denn ich bin und bleibe ein Niemand ohne ihn, eine leere Hülle. Ein Nichts.

Ich realisiere, dass ich mich so lange selbst belogen hatte, und es nicht schaffe ihn gehen zu lassen. Ich schaffe es nicht eine Version einer Person in meinem Kopf, die eigentlich nicht existiert und noch nie existiert hatte, loszulassen. Ich scheitere. Ich verliere. Ich bin eine Verliererin.

Ich schaue zu, wie er sich neben mich auf den Boden setzt und mich anschaut. Ich begreife überhaupt nichts mehr. Jetzt wäre doch der perfekte Zeitpunkt zu verschwinden.

Gleichzeitig kommt mir alles so unheimlich bekannt vor.

»Victor, warum bist du eigentlich zu mir gekommen? Warum interessierst du dich so sehr für mich? Warum gehst du mit mir in ein Museum, wenn du Kunst nicht leiden kannst? Warum hörst du Lieder, die du nicht ertragen kannst? Warum änderst du dich für mich, obwohl du das gar nicht willst? Warum bleibst du bei mir, obwohl du eigentlich eine Wahl hast? Warum suchst du nicht etwas Besseres, etwas, was du wirklich verdient hast? Ich habe so viele Fragen«

»Du hast die Wahl. Entweder beantworte ich dir deine Fragen oder ich bin blond«

Wie beim Friseur sitzt er auf einem Hocker in meinem Bade-zimmer vor dem breiten Spiegel, in dem ich schon grausame Reflexionen und Zustände von mir selbst betrachtet hatte. Ich schmiere die Farbe auf seine Haare und verteile sie auf seinen Strähnchen. Ab und zu betrachte ich den Verband auf meinem Kopf, den Victor für mich verbunden hatte. Er hatte meine Wunde auf meiner Kopfhaut desinfiziert und war sehr geschickt und professionell vorgegangen, weil er als angehender Arzt darin geübt war. Und so stehen wir da.

»Egal, was du tust, ich könnte dich nicht verlassen«, fängt Victor plötzlich an zu erzählen. Er durchbricht die Stille und gibt den ungesagten Gedanken eine Form.

»Mir ist bewusst, dass ich gehen könnte, aber ich will nicht. Ich denke, dass ich dich dann verletzen würde. Ich könnte mit diesem Gewissen gar nicht leben«, erzählt er mir, als würde er mit sich selbst reden.

Ich nicke einfach nur. Mit jedem Wort macht er mich wieder sprachlos, als würde er gerade von den Dingen berichten, die ich genau so erlebt hatte. Als wäre er eine Version von mir selbst.

Eine Personifikation der Vergangenheit. Die Verkörperung meiner vergangenen Erfahrungen. Es ist, als ob ich gar nicht mehr sprechen müsste, weil Victor das schon für mich tut.

Irgendwie scheint alles so friedlich. Es ist vorbei. Als wäre der Konflikt nicht passiert. Als würde sich hier und jetzt etwas ändern, als würde ein neues Kapitel beginnen.

Und während ich über seinen Kopf durch die Haare streiche, fange ich an mich Victor zu nähern, seine Schale zu durch-brechen, ihn endlich zu sehen, wie er wirklich ist. Und es ist ironisch, dass ich ihn trotz allem zu einer anderen Luc-Version erschaffe.

Wenn sich unsere Blicke im Spiegel treffen, fängt mein Herz an zu rasen. Er ist ein Geschenk des Universums. Mit ihm möchte ich mein Leben teilen. Mit ihm möchte ich durch Höhen und

Tiefen gehen. Ich möchte für immer seiner Stimme zuhören, die mir etwas über Krankheiten und wissenschaftliche Theorien und Studien erzählt, von denen ich keine Ahnung habe. Es riecht nach Seife, nach Parfum, nach Haarfarbe. Es riecht nach Glück. Obwohl er jetzt aussieht wie eine Kopie von Luc, fange ich an ihn langsam zu vergessen, die Ähnlichkeit zwischen den beiden nicht mehr zu erkennen, als wäre ich blind.

Ich wasche ihm die Farbe wieder aus und lasse ihn kurz alleine Haare trocknen. Auf dem Couchtisch im Wohnzimmer bemerke ich ein dunkelrotes Buch. Es kommt mir vor, als würde es mich angrinsen. *Öffne mich*, flüstert es mir zu. Es liegt hier herum, als *müsste* ich es hier und jetzt öffnen. Als wäre es vom Himmel gefallen und genau auf meinem Tisch gelandet. Als hätt es mich ausgesucht. Rot.

Öffne mich!

Ich schaue mich um. Dann nehme ich das Buch vorsichtig in die Hand, streiche über den glatten Einband und spiele mit dem Gedanken, die erste Seite zu öffnen. Ich weiß genau, dass es falsch ist, seine Privatsphäre zu verletzen, in seine kleine Welt einzubrechen. Wie gerne würde ich nur wissen, was in seinem Kopf vorgeht.

Als ich das Buch wende, fallen cremefarbige gefaltete Blätter auf den Boden. Ich hebe sie hoch und erkenne die Briefe direkt wieder, die ich Victor damals auf den Fußabtreter gelegt habe.

Ich überfliege meine Texte voller Lügen. Ich habe sie nicht selbst geschrieben, sondern Buchstaben aus Zeitschriften und alten Zeitungen einzeln ausgeschnitten, geordnet und auf die Papiere geklebt. Das hat eine halbe Ewigkeit gedauert. Sie erinnern an Erpressungsbriefe. Meine Sorge war einfach zu groß, dass meine Handschrift schon zu viel von meinem Charakter preisgeben könnte.

Lieber Victor,
Ich denke dauernd nur an dich, ich denke an unser Treffen, an deine braungrünen Augen, die wie Sterne funkeln. An dein Lächeln, das wie die Sonne strahlt, das meine kalten Tage erwärmt, das mein Herz schneller schlagen lässt. Ich frage mich, wie es dir geht, was du treibst, wo du bist. Mein Herz sehnt sich nach dir.

Lieber Victor
Ich weiß du kennst mich vielleicht gar nicht. Vielleicht erinnerst du dich nicht mehr an mich. Jede Nacht träume ich von dir. Aber die Realität sieht anders aus. Ich kann diese Einsamkeit nicht mehr ertragen. Mein Leben ist so kalt, leer und sinnlos ohne dich. Ich möchte mit dir den Rest meines Lebens verbringen und mit dir alles teilen, was mir gehört.

Lieber Victor
Ich liebe dich so, wie du bist. Ich bezweifle, dass es jemanden gibt, den ich genauso stark lieben könnte wie dich. Du bist der Einzige für mich. Alle anderen sind uninteressant, wenn du da bist. In einem vollen Raum würde ich nur nach dir suchen. Wir gehören zusammen. Das weiß ich, das spüre ich in meinem Herzen. Ohne dich bin ich ein Nichts.

Lieber Victor,
Ich weiß nicht, wie ich ohne dich leben könnte. Nachts kann ich nicht schlafen, weil ich an dich denken muss. Ich denke an das Universum, an höhere Mächte, die mich zu dir gebracht haben. Ich suche dauernd nach einer Antwort, ob unser Treffen einen Grund hatte... Ich hoffe, eines Tages werden wir uns wiedersehen.

Irgendwie fange ich immer an zu erröten, wenn ich die Zeilen lese, die ich selbst für ihn verfasst hatte und keinen blassen Schimmer hatte, dass ich mich wirklich in die Person verlieben würde, die er tatsächlich ist. Ich hätte nie gedacht, dass wir so weit kommen würden. Und er hatte sie sogar aufbewahrt. Er hatte wirklich keine Angst vor mir.

Ich öffne die erste Seite, nur um ganz kurz, nur für einen Augenblick zu sehen, was er darin festhält, worüber er nur schreibt, ob meine Briefe etwas damit zu tun haben. Und dann würde ich das Buch weglegen. Versprochen.

Ich öffne die erste Seite, fange an die Wörter zu lesen, die so geschwungen und kursiv auf den Seiten festgehalten sind.

Sie hat mich gerettet. Die Person, die mir diese Briefe auf den Fußabtreter hingelegt hat. Daneben lag immer eine Rose, die ich aufbewahre. Wenn es nicht passiert wäre, dann wäre ich wohl nicht mehr hier und würde diese Zeilen nicht mehr schreiben.

Ich breche die Regel und wende die Seite, weil die Neugier mich überfällt und mich dazu bringt, wissen zu wollen, was er schreibt, wie er schreibt. Über mich. Über uns. Was er von mir wirklich denkt. Ich erhoffe mir Komplimente, Liebesgedichte.

Es klingt echt merkwürdig, aber ich habe davor alles geplant. Ich wollte nicht mehr leben. Ich hatte schon lange diese Gedanken gehabt, dass es besser wäre, nicht mehr hier zu sein, nicht mehr zu leben. Und langsam fing es mir an egal zu werden, wer mich finden würde, wer um mich trauern würde. Ich fand Trost im Tod. Und niemand müsste sich wieder Sorgen um mich machen. Ich würde nicht nur mich selbst von meinen Schmerzen, von meinem Leid erlösen, sondern auch alle anderen, die sich um mich sorgen. Ich glaube, man würde nicht einmal mehr merken, wenn ich fehlen würde. Alle würden einfach so weiterleben wie davor.
Ich habe Medikamente geholt, einen Abschiedsbrief geschrieben, aber innerlich hatte ich heimlich noch gebetet, nach einem Zeichen, nach Hoffnung, ob es sich vielleicht doch lohnt weiterzumachen, ob der Weg, den ich gehe, mich zu etwas führt. Bis ich diesen komischen Brief gefunden habe mit dieser Rose. Andere wären an meiner Stelle erst recht ausgeflippt und wären sofort zur Polizei gegangen oder umgezogen, aber ich dachte, dass meine Gebete, meine Hilfeschreie gehört wurden. Es klingt absurd, dass mich ein anonymer Brief einer Stalkerin am Leben gelassen hat. Ich habe endlich Hoffnung gespürt, dass es da draußen jemanden gab, der dasselbe erlebt wie ich und sich nach mir sehnt oder meine Hilfe braucht.

Die Seite endet.

Ich war heute bei ihr. Sie heißt Chloé und sie ist Künstlerin. Sie malt komische Bilder von Gegenständen, die so verzerrt aussehen, als wäre sie eine Amateurin mit Wahrnehmungsstörungen. Ein Bild hatte einfach nur wellenförmige Linien in rot und weiß, was mich an Ketchup und Mayonnaise erinnert.

Sie trägt edle Kleidung und sehr wertvollen Schmuck. Vielleicht möchte sie mit ihrem Wohlstand angeben, zeigen, dass sie sich das alles leisten kann. Sie macht einen relativ ordentlichen, gepflegten Eindruck auf mich, als wäre bei ihr alles gut. Vielleicht ist das nur Täuschung. Eine Fassade.

Aber leider mag ich keine Kunst. Ich verstehe Kunst nicht. Ich will wissen, wie die Dinge funktionieren, aber aus der Kunst werde ich einfach nicht schlau. Ich kann überhaupt nichts mit ihr anfangen. Mit den Bildern und so. Sie trägt nichts zur Wissenschaft, zum Fortschritt der Menschheit bei. Kunst ist Zeitverschwendung, Rohstoffverschwendung, Reizüberflutung. Künstler sind wahnsinnig und malen nur, weil ihre wahren Bedürfnisse nicht erfüllt wurden, weil sie eigentlich krank sind, weil ihnen etwas fehlt, nämlich gesunder Menschenverstand. Die Welt würde sich ohne Kunst weiterdrehen und alles wäre genau so wie früher. Künstler sind so egoistisch und leben nur für sich selbst.

Der Beruf des Künstlers ist sinnlos.

Ich versuche nicht innerlich wie ein Kartenhaus zusammenzubrechen. Ich versuche mir einzureden, dass er bestimmt nur gelogen hatte, dass das hier nur ein seltsames Experiment oder eine Inszenierung ist oder wieder nur ein seltsamer Traum, aus dem ich gleich aufwachen werde. *Das ist nicht real*, denke ich. *Nicht real...*

Liebe ist eigentlich auch nur Selbsttäuschung. Man liebt sich nur, um sich vor der Einsamkeit abzulenken. Nein, Liebe ist nicht »schön«. Warum denken andere, sie finden ihr Glück bei jemandem, der sie angeblich vollkommen macht? Warum wird es als so negativ gewertet, wenn man gerne alleine ist und man eigentlich niemanden braucht, wenn man keine Beziehung anstrebt? Ich weiß nicht. Ich weiß es nicht. Ganz tief im Inneren hoffe ich eines Tages jemanden zu treffen, der mich verstehen kann und dasselbe spürt wie ich. Aber ich denke, diese Hoffnung habe ich aufgegeben. Ich denke nicht, dass es in der heutigen modernen Gesellschaft noch jemanden gibt, der mich mögen würde, wie ich bin, der sich für mich interessieren würde... Es kommt mir so vor, als würden sich alle nur vor sich selbst ablenken, vor ihren Problemen weglaufen, sich gegenseitig benutzen, um ihre Bedürfnisse zu befriedigen. Und dann ersetzen sie sich gegenseitig, weil sie gelangweilt sind, weil sie sich nach etwas Besserem sehnen.

Seine Gedanken sind so wirr, die gar nicht zu seiner vorbildlich sauberen Schrift passen. Es ist, als könnte ich seine Verzweiflung, seine Wut spüren, die in meiner Brust brennt. Ich sollte das Buch weglegen, aber der nächste Satz bringt mich aus dem Konzept. Ich bin erstarrt. Mein Kopf ist leer voller Erstaunen.

Ich glaube ich habe mich in Chloé verliebt. Niemals hätte ich gedacht, dass mich jemand wie sie interessieren würde. Sie verkörpert quasi alles, was ich früher nicht leiden konnte.

Ich kann nicht schlafen, ich kann nicht mehr essen. Ich kann meine Gedanken nicht kontrollieren, als würden sie mich dazu zwingen nur an sie zu denken. Ich habe sogar versucht ein Liebesgedicht zu schreiben, aber ich bin echt nicht gut darin. Ich habe es nicht so mit Worten. Wie soll ich etwas Schönes schreiben, wenn ich selbst die Schönheit von Metaphern und rhetorischen Stilmitteln nicht erfassen kann.

Unter diesem Abschnitt sehe ich zwei Zeilen, die durchgestrichen sind. Ich halte die Blätter unter das Licht und fühle mich ein wenig überlegen, dass ich es lesen kann, obwohl ich es eigentlich nicht sollte, es nicht einmal darf. Und ich fühle mich ein wenig schlecht, dass ich zuerst schmunzeln muss, als würde ich ihn auslachen.

Deine Augen, so schön wie die Sterne am Himmel
Ohne dich ist mein Zimmer nur voller Schimmel

Zugegeben, finde es nicht schlecht für seinen ersten poetischen Text. Es ist eine Seelenregung, ein Gedanke auf Papier. Speziell *für mich*. Es ist schön. Es macht etwas mit mir.

Er hatte sich den Kopf zerbrochen, sich angestrengt diese Zeilen zu schreiben. *Für mich.* Mir wird warm, wenn ich mir sein nachdenkliches Gesicht vorstelle und daran denke, wie er vor seinem Schreibtisch sitzt und sein Bestes versucht die richtigen Worte zu finden. Und dann, geblendet vom Perfektionismus, hatte er die Verse durchgestrichen, als wären sie wertlos, als hätte er sich für seine Gefühle geschämt.

Aber das braucht er nicht. Alles, was er sagt, alles, was er anfasst, bekommt einen neuen, höheren Wert für mich, weil es von *ihm* kommt.

Und ich wünschte, er würde mir seine Liebe lieber zeigen und seine Gedanken mit mir teilen und sie nicht verheimlichen. Sie sollten kein Geheimnis sein.

Es kommt mir wieder alles so bekannt vor.

Ich werde niemals gut genug für sie sein. Chloé wird meine Texte hassen und sie wird ausrasten, wenn sie das hier liest, das weiß ich.

Nein, Victor. Dass ich das hier gefunden habe, wird uns stärker zusammenschweißen, denke ich. Er ist diese Person, die mich erfüllt, die mich echtes Glück spüren lässt. Ich möchte nicht, dass er sich schämt.

Ich möchte nur bei ihr sein, mit ihr sein für immer und ewig. Alles fängt an mich an sie zu erinnern. Es fühlt sich so an, als würde ich spüren, dass sie an mich denkt. Ich sehe Herzen auf Plakaten. Mir fallen plötzlich Eheringe in Schmuckläden auf, die ich früher nie beachtet habe. Ich sehe Paare die Händchen halten und sich in Parks küssen. Im Fernsehen laufen dauernd Liebesfilme und ich höre Liebeslieder im Radio. Alles hat die Farben von Ketchup und Mayonnaise. Es verfolgt mich. Warum habe ich das früher nicht gesehen?

Und wenn ich das alles sehe und höre, denke ich sofort an Chloé. Und wenn ich ihre Stimme höre, fühlt es sich an wie eine Umarmung. Wenn wir uns berühren, fühlt es sich so an, als würden sich meine Sorgen und Probleme auflösen. Ich möchte mit niemand anderem mein Leben teilen wollen als mit Chloé.

Ich sehe, dass es noch mehr Seiten gibt. Das hat er alles über mich geschrieben?

Ich überfliege sie und erkenne, dass seine ordentliche Schrift sich verändert, krakeliger, unlesbarer erscheint, als hätte er sich beim Schreiben beeilt und hätte er versucht mit der Geschwindigkeit seiner rasenden Gedanken mitzuhalten.

Mein Name springt mir immer häufiger ins Auge, als wäre ich in einer erfundenen Geschichte. *Chloé.*

Dann folgen Listen, Zahlen, Statistiken, Begriffe, die mir bekannt vorkommen: *Liste von typischen Antipsychotika, Liste von atypsichen Antipsychotika, Risperidon, Olanzapin, Haloperidol, Aripiprazol, Clozapin...*

Die Buchstaben häufen sich. Sie verknoten sich in meinem Kopf. Mir wird schlecht, als könnte ich diesen medizinischen Geschmack in meinem Rachen spüren.

Symptome, Liebeswahn, wahnhafte Störung, wir wurden zusammengeführt, Universum, Glaube an höhere Mächte, psychotische Symptome, Größenwahn, spirituelle Psychose...

Und dann verknüpfe ich die Punkte und die Symbole miteinander, füge die Puzzleteile langsam zusammen.

Victor war mein Projekt. Und ich bin seins.

Er macht mit mir eigentlich dasselbe wie ich.

Ich hatte ihn gerade erst lieben gelernt. Ich fing an Luc zu vergessen. Ich fing an ihn zu bewundern. Seine Intelligenz, seine Zielstrebigkeit, seine Willensstärke, seine Eigenständigkeit...

Ich will, dass dieses falsche Spiel zwischen uns endlich aufhört! Als ob meine Gedanken gehört wurden, sehe ich diesen Absatz:

Chloé braucht Hilfe. Chloé ist bestimmt wahnsinnig. Sie braucht nicht nur irgendeine Hilfe, sondern meine. Ich habe mich oft gefragt, warum sie in mein Leben getreten ist. So plötzlich, so unerwartet, aber genau zum richtigen Zeitpunkt. Genau dann, als ich allem ein Ende setzen wollte. Sie ist ein Neuanfang. Ich wollte schon immer Menschen helfen, sie heilen, sie von ihren Erkrankungen heilen. Und sie ist die Erste. Ich muss weiterleben, um sie zu heilen. Ich frage mich, wer sie wirklich ist neben ihrer Kunst, neben ihrem Wahn. Das ist meine Aufgabe, die ich erfüllen muss. Ich bin endlich aufgewacht.

Es fühlt sich so an, als würde ich den Verstand verlieren, als würde ich langsam zu einer Version von ihr werden. Als würde ich unter einer induzierten Störung leiden. ICD-10-F24. Folie à Deux. Sie ist die wahnsinnige Person, die mich induziert.

Jetzt weiß ich, was »Liebe macht blind« wirklich bedeutet. Das war ja echt peinlich, dass ich tatsächlich etwas für sie empfunden habe...

Ich schlage das Buch zu. So fest und so laut, als würde ich die Buchstaben darin plattdrücken wollen, sodass sie ihre Bedeutung verlieren. Und ich versuche mir innerlich einzureden, dass ich mir das alles nur einbildete, dass mir mein Gehirn wieder nur einen Streich spielt. Und dann denke ich, *Ich muss es loswerden*. Dieser Gedanke pflanzt sich in meinen Kopf. Er wird lauter. So laut, sodass ich ihn nicht überhören kann.

Ich muss es loswerden.

Ich blicke kurz zum Kamin.

Ich muss es loswerden.

Was danach passiert, liegt wieder im Verschwommenen.

Erst als Victor die Tür zuknallte, war ich wieder da. Ich versuche es in meinem Kopf abzuspielen, was passiert war.

Victor war zu mir gekommen. Er war jetzt blond. Ich bemerkte seine Anwesenheit kaum. Er hatte mich gesehen mit diesem Buch in meinen Händen und sagte: »Es ist nicht so wie du denkst« und ich sagte: »Wie ist es denn dann?«

Mir war alles egal. Ich bemerkte nicht mehr so richtig, was ich tat, was um mich herum passierte, was er sagte und was ich antwortete.

Ich hatte impulsiv sein Buch in den Kamin geworfen und beobachtet, wie es in Flammen aufging. Als ob das Feuer meine innere Wut war und es langsam auffraß.

Victor war sprachlos. Er bereute es. Er schämte sich, aber er sagte nichts. Er hatte recht, denn er hat es wirklich nicht so mit Worten.

Danach ging ich ins Atelier und verbrannte die Skizzen, die Bilder, die Portraits von Luc, von Victor, von den beiden.

Ich wollte nicht, dass Victor ging. Alles, was ich wollte, war ein Neuanfang. Ich wollte mich endlich von diesem Ideal, von meiner unrealistischen Vorstellung einer Person in meinem Kopf, die es gar nicht gab, endlich lösen.

Ich fing an zu weinen. Es war, als würde ich meine Vergangenheit einäschern. Meine Geschichte. Ein Teil meines Selbst.

Ich schaute einfach nur stumm zu, wie das Feuer die Papiere küsste und es langsam verschlang. Und als alles zur Asche wurde, fühlte ich eine innere Leere, als hätte man mich selbst ausgebrannt, als wäre ich innerlich zerfallen.

Und jetzt ist Victor auch weg. Verschwunden. Und ich werde wieder niemals wissen können, wann er zurückkommt. Ob er überhaupt zurückkommt.

Über dem Kamin sehe ich mein Gesicht im Spiegel.

Sieht eine psychisch erkrankte Person so aus? Eine Person mit einer psychotischen Störung? Eine Person, die nicht sie selbst ist. Eine Wahnsinnige. Eine, die den Verstand verloren hatte. Eine Schizophrene. Und es gibt kein Mittel, das sie heilen könnte. Sie ist unheilbar krank.

Sie wird mich für immer wie ein Schatten verfolgen. Es konnte wirklich jeden treffen.

Ich mustere meine Haut, deren Unreinheiten ich mit Make-Up verdecke. Meine geschminkten Augen, meine zurechtgemachten Haare. Ich sehe normal aus, als wäre alles in Ordnung. Eine Fassade. Eine Lüge. Eine Täuschung.

Ich muss mich wieder an einen anderen Traum erinnern, in dem Spiegel vorkamen. Wie ich Luc im Spiegel gesehen hatte, anstelle meines eigenen Gesichts. Er hatte mich durch die Scheibe angesehen, als gäbe es dahinter eine Parallelwelt, eine andere Dimension oder ein Portal, wodurch wir kommunizieren konnten. Er hatte versucht aus dem Spiegel auszusteigen, um einen Weg zu mir zu finden. Das riss mich zurück in die Realität.

Hier im Wohnzimmer, im hier und jetzt sehe ich mich und finde Gemeinsamkeiten zu ihm, als sähen wir uns irgendwie ähnlich, aber ich weiß nicht mehr zu wem. Ich weiß nicht mehr, wer *er* ist, wer *ich* bin. Wen ich vermisse. Ob mein Herz sich nach Victor oder nach Luc sehnt.

Und ich hasse es. Ich hasse Victor. Ich hasse mich. Es erinnert mich an ihn. Ich hasse es, wie langweilig er ist, dass er die Schönheit des Lebens nicht sieht, dass er sich für so intelligent hält, aber zu dumm ist die Kunst zu verstehen.

Ich hasse es, dass er sich für etwas Besseres hält und so stolz ist, dass er an gar nichts im Leben glaubt, an keine Zeichen, an keine

Ästhetik. Er denkt, dass alles nur ein Zufall ist, dass nach dem Tod nichts passiert und unser Körper einfach aufhört zu funktionieren.

Und ich hasse es, dass er in mein Leben getreten ist, es aufgewühlt, dort herumgeschnüffelt hat und fast alles über mich herausgefunden hat.

Und vor allem hasse ich es, dass er bewiesen hat, dass ich krank bin.

Aber was passiert mit unseren Seelen? Leben sie dann weiter? Finden sie zurück zu ihrem Seelenpartner? Lieben sie sich wieder? Wie kann man leben, wenn man sich an nichts festklammern kann? Wenn man nicht einmal an etwas glaubt?

Ich hasse es, dass er so rational ist und seine Emotionen nicht zulassen kann. Ich hasse alles an ihm und finde mich in ihm wieder, in den Dingen, die er mir sagt, die Harmonie, mit der Abhängigkeit.

Und ich hasse Luc. Wegen ihm wäre ich nicht so besessen von ihm, von der Idee von uns. Ich hasse es, dass er so einen enormen Einfluss auf mich hatte, dass er mich so geformt hatte, zu einer Person, die ich früher schon immer sein wollte und beneidet, fast wie ein Idol bewundert hätte.

Ich hasse es, dass ich meine Träume lebe und keine Ziele mehr habe, als ihm gehören zu wollen. Ich hasse es, dass ich dieses Ziel nicht erreichen kann.

Ich hasse es, dass ich er mich wahnsinnig, dass er mich unheilbar krank gemacht hatte. Und vor allem hasse ich es, dass ich geglaubt hatte, dass ich eine Chance bei ihm hatte, weil ich dachte, dass wir uns ähnlich wären, dass ich dachte, dass ich das Potential dazu hätte seine Partnerin zu sein.

Ich hasse es, dass ich so geblendet von ihm war, weil mir die Vorstellung viel zu sehr gefallen hatte, dass ich *seine* Freundin werden könnte. Die Freundin eines Stars, eines Prominenten, meines *Idols*. Als hätte er sich für mich entschieden, als würde sich *mein* Wert deshalb erhöhen. Und ich hasse es, dass es mir egal wäre, wie er mich behandeln würde.

Und ich hasse es, Menschen auf ein Podest zu stellen, sie mehr zu lieben als mich selbst, obwohl ich das gar nicht will, nur weil ich einsam bin.

Ich kann den Anblick meines Spiegelbilds nicht mehr ertragen. Ich nehme einen Stuhl und werfe ihn gegen den Spiegel und sehe, wie er zerbricht, wie meine Reflexion auseinanderfällt.

222 steht auf dem Autokennzeichen, das an mir vorbeifährt. Zwei. Zweisamkeit. Zu zweit. Und ich bin alleine. Ich fühle mich wie eine Hälfte, die umherstreift, ihre verlorene zweite Hälfte sucht.

Jemand läuft an mir vorbei, der Pommes isst und sie in Ketchup und Mayonnaise dippt. Ich bemerke rote und weiße Autos nacheinander an mir vorbeifahren. Frauen tragen rote Schals, als hätten sie sich abgesprochen und alle den gleichen Schal mit demselben satten Rotton gekauft.

Wieder ein Plakat mit Spielkarten. Ich muss kurz blinzeln. Herzdame schaut Richtung Herzkönig. Und Herzkönig schaut zu ihr. Sie schauen sich an. Ich denke, ich bilde mir das alles nur ein. Es ist bizarr. Ich muss versuchen mich abzulenken und den einfach Gedanken loszulassen. Das ist alles nicht real.

Ich laufe die Straße entlang, während dauernd rote und weiße Symbole auf mich zukommen und mich anblinken. Herzen auf Plakaten. Trauringe im Schaufenster. Paare, die Händchen halten und sich so überglücklich zeigen, auf Wolke sieben schweben, als wäre ihre Liebe so unkompliziert, als hätten sie noch nie gestritten, als würden sie sich einfach so lieben, ohne Grund, ohne sich verstellen, sich gegenseitig verändern oder das Gegenüber manipulieren zu müssen.

Mir wird schlecht vor Fremdscham.

Mir wird schlecht, weil ich mir einrede, dass mir so etwas niemals passieren wird, dass ich niemals fühlen können werde, was diese Pärchen fühlen. Ich habe Angst, dass ich diese Gefühle niemals begreifen könnte, genauso wie Victor Kunst nicht begreifen kann, egal wie sehr er sich anstrengt.

Da ist ein Blumenladen auf der anderen Straßenseite, der rote Rosensträuße in weißen Töpfen draußen ausstellt. Auf meiner Seite ist ein Buchladen, der rote Bücher im Schaufenster präsentiert. Sie fangen meinen Blick ein. Ich bleibe stehen, um den Namen lesen zu können.

Luc Morel.

Ich kaufte mir den Roman, versteckte ihn in meiner Tasche. Genau in dem Moment, als ich aus dem Laden gehe, sehe ich Victor mit einem in Papier umwickelten Strauß roter Rosen auf der anderen Seite. Als er mich erblickt, überquert er die Straße und ruft fröhlich meinen Namen.

Er erkennt mich. Er erkennt mein Gesicht.

»Die sind für dich«

Er überreicht mir die Blumen.

»Danke«, antworte ich benommen.

Ein Straßenmusiker fängt an Akkordeon zu spielen.

»Hörst du das?«, fragt er mich.

»Das ist Musik und ich finde sie wunderschön«, erzählt er.

»Würde ich dich nicht kennen, wäre mir niemals aufgefallen, wie schön diese Melodie ist. Ich hätte mir vielleicht sogar die Ohren zugehalten«

Er strahlt wie die Sonne.

Irgendetwas ist anders. Wir laufen ein Stück, bis wir uns auf eine Bank setzen.

»Ich habe nachgedacht. Weißt du, ich habe so lange gearbeitet für mein Studium, so viel geopfert, habe nächtelang und tagelang gelernt für die besten Ergebnisse, weil ich Arzt werden wollte, aber ich war einsam. Sehr einsam. Und dann kamst du und hast mir gezeigt, wie sich Glück und wie sich wahre Liebe anfühlt. Ohne dich macht mein Leben keinen Sinn. Und immer, wenn ich versuche dich zu vergessen, kommst du zu mir zurück. Ich bin zufrieden mit der Person, zu der ich dank dir geworden bin. Ich fühle mich geliebt. Und ich liebe dich. Noch nie habe ich jemanden so sehr geliebt wie dich. Du bist Künstlerin und du machst meine Welt ein bisschen schöner. Wer bin ich ohne dich?«

Ich nicke, fühle mich wieder wie in einer Zeitschleife. So ähnlich, wie in einem Film mit geklauter Handlung, die ein wenig abgeändert wurde, damit es nicht so sehr auffiel.

»Ich wollte kranke Menschen heilen. Ich wollte Menschen von ihrem Leiden befreien, von ihrem Wahn, von den Monstern in ihrem Kopf. Dich auch, weil ich dachte, du wärst wahnsinnig, besessen, doch eigentlich brauchst du keine Heilung. Du bist nicht verrückt. Du bist nicht krank, weil du nicht leidest. Dir geht es gut. Du bist gut so, wie du bist. Deshalb wollte ich mich für alles, was ich getan habe, entschuldigen«

Da gehen wir Hand in Hand durch die Straßen, zwischen den Häusern, durch die Gassen, während ich den grellroten Strauß in der anderen Hand halte. In der Ferne kann man die Spitze des Eiffelturms erkennen. Ich fühle mich wohl, vollkommen. Bei Victor bin ich viel glücklicher als jemals zuvor, weil er mich versteht, weil er immer für mich da war und nicht verschwand, als es mir schlecht ging, weil er real ist und kein unerreichbares Idol, das man nur auf einer Bühne anstarren kann. Und ich muss Victor mit niemandem teilen.

Das Schicksal hatte mich mit Victor zusammengeführt, nachdem es mir Luc weggenommen hatte. Luc war eine Lektion und Victor ist ein Geschenk, meine wiedergefundene Seelenhälfte.

Wir sind wie die roten und weißen Farben auf meinem Gemälde, die miteinander harmonieren, aber sich nicht vermischen und sie selbst so bleiben, wie sie sind, als hätte ich beim Malen eine Vorahnung, eine *Vision* von uns beiden gehabt, die heute real wird.

Ich spüre unendlich viel Glück. So viel kann ich nicht in meinem Körper tragen. Und ich will es mit Victor teilen, mich mit ihm im Kreis drehen, bis mir schwindelig wird.

»Ich könnte die ganze Welt umarmen!«, sage ich.

»Aber dafür sind deine Arme doch viel zu kurz«

Wir brechen in lautes Gelächter aus, sodass sich ein Echo bildet, als wären wir alleine, als könnte uns niemand hören.

Die romantische Akkordeonmusik blendet langsam ab, bei jedem Schritt, den wir zusammen gehen.

Da kommt eine Frau auf ihn zu. Ich glaube ich weiß, was gleich passieren wird.

»Bist du nicht dieser Luc? Luc Morel? Können wir ein Foto machen?«

»Entschuldigen Sie, aber wer ist Luc?«, fragt er verwundert.

»Luc Morel, der Sänger! Die ganze Welt kennt ihn!«, drängt die Frau.

»Ich kann nicht einmal singen. Sie müssen mich bestimmt verwechseln«

Ich fühle mich wie gelähmt, kann kaum eingreifen vor lauter Panik und beobachte die beiden, als würde ich nicht dazugehören.

»Aber du bist doch Luc Morel! Warum lügst du?«

Die Frau wird wütend. Ich beobachte, wie Victor sein Portemonnaie in die Hand nimmt, seinen Ausweis herauskramt und der Fremden seinen Namen zeigt.

»Wollen Sie mich verarschen? Da hat die Person auf dem Bild doch dunkle Haare?! Der ist doch nicht Ihrer. Sie sollten sich dringend einen anderen Ausweisfälscher suchen«

Ich spüre Regentropfen auf mein Gesicht fallen. Dann fängt es an heftig zu schütten. Der Regen rettet mich immer wieder.

»Komm, wir verschwinden«, unterbreche ich die beiden.

Ich ziehe an Victors Hand und wir laufen davon, lassen die Frau hinter uns.

Er weiß von Nichts. Victor kommt mir so vor, als würde er nicht einmal das Gesicht seines Doppelgängers erkennen können.

Auf dem Weg nach Hause hatte ich Nachrichtenanzeigen auf Bildschirmen aufblitzen sehen. *Er* wurde auf Titelseiten von Boulevardpressen erwähnt.

»Skandalös! Luc Morels Debütroman!«

»Luc Morels Autofiktion, ein Flop oder wahre Kunst?«, stand da.

Dann lauschte ich heimlich fremde Gespräche mit:

»Hast du den Roman von Luc Morel gelesen?«

»Ich fand es grausam. Da sind seine Songs besser«

»Ich fand es großartig. Du hast die Handlung wohl nur nicht verstanden«

»Da gibt es nicht zu verstehen. Er hat nur den Verstand verloren. Er ist nicht mehr er selbst«

Alle sprachen von Luc und Victor hörte es nicht. Er bemerkte ihn nicht, als würde Luc nur in meiner eigenen Welt existieren. Ich kann die Gespräche und die Zeichen nicht überhören, als würden sie mich überall finden, egal wo ich bin.

Ich hatte es sogar auf dem Handy überprüft und scrollte gierig durch verschiedenste Plattformen, um mich mit Informationen füttern zu lassen. Ich wollte Antworten, was man über ihn erzählte, ob es etwas gab, was ich nicht wusste, ob ich etwas verpasste, ob man ihn verletzte, ob er jemandem Aufmerksamkeit schenkte, der nicht *ich* war.

Mein Bildschirm wurde überflutet von Kommentaren, als hätte ich das Geschrei hören können. Es war wie auf einem Kampffeld. Auf der einen Seite standen anonymen Nutzerinnen und Nutzer, die sein Werk kritisieren, durch den Dreck zogen und Luc Morel persönlich verbal auseinandernahmen. Und die Anzahl der Likes bewerteten und belohnten die tapferen Kämpferinnen und Kämpfer.

»Er braucht psychologische Hilfe«

»Manche Fans sind total verrückt nach ihm und Luc dreht den Spieß einfach um«

»Luc würde heute Toiletten putzen, wenn es fünfzehnjährige Mädchen nicht gäbe«

»Ich schäme mich dafür, dass ich Luc Morels Fan war«

»Was denkt ihr, wie alt dieser Fan wäre, ob sie vielleicht noch in die Schule geht«

»Stell dir vor, du hast einen celebrity crush und am Ende hat der celebrity einen crush auf dich, aber auf psycho«

»Wo kann ich meine Augen auswaschen und vergessen, was ich gelesen habe?«

Auf der anderen Seite versuchten liebeskranke Bewunderinnen, Luc von den verbalen Pfeilen und Schüssen zu beschützen, von denen eher wenige geblieben waren. Und ich frage mich, ob er das alles mitliest.

»Egal, was er tut, ich werde für immer zu ihm stehen«

Kommentare, die mit Herzen und lächelnden Emojis geschmückt wurden, wurden von mir konsequent ignoriert.

Sie beinhalteten immer die gleichen positive Meldungen wie »Das ist das aller Beste, was ich je gelesen habe« und »du hast dich selbst übertroffen, Luc«

»Hör nicht auf die Hater, alles, was du tust, ist großartig«,

»Luc, vergiss nicht, deine Fans werden immer hinter dir stehen, egal, was du tust«

Sie kannten ihn doch alle gar nicht. Wie konnte man nur eine Person so blind vergöttern, die man gar nicht kannte? Dabei vergesse ich selbst, dass ich eine von ihnen bin.

Ein drittes Team kam noch dazu.

»Es ist nur eine Marketingstrategie, beruhigt euch«

»Er weiß genau, was er tut, er will alle schockieren, damit man über ihn redet«

»Die Wahrheit wird am Ende rauskommen«

»Worum geht es überhaupt«, hatte eine Person mitten in diesem digitalen Schlachtfeld gefragt.

»Ein Sänger bildet sich ein, einer seiner Fans wäre seine Seelenverwandte, dann sucht er sie und will sich am Ende umbringen, weil er realisiert hat, dass das alles nur eine Illusion war. Er hat es in der ersten Person Präsens geschrieben, sodass man denkt, dass es um Luc persönlich geht. Etwas abgefuckteres habe ich noch nie gehört«

Ein Bild erregte meine Aufmerksamkeit: Lucs Buch in Flammen.

»WER IST DIESE PERSON VON DER ER SCHREIBT? ER GEHÖRT NUR MIR!!!«

»Dich sollte man lieber verbrennen«, hatte jemand darunter kommentiert.

Meine Gedanken waren unaufhaltsam, die mich einfach so überfielen: War das eine Liebesgeschichte? Hat er jemanden? Einen anderen Fan? Bestimmt hübscher und schlanker und talentierter als ich.

Ich hatte keine Lust mehr seinen Roman lesen. Als wäre mir der Appetit vergangen. Die Angst war zu groß Dinge zu erfahren, die ich nicht wissen wollte. Ich wollte nicht, dass das Bild, das ich von ihm hatte, zerstört wurde.

Verstört hatte ich mein Handy in meine Handtasche gelegt, neben sein Buch. Sein Name auf der Titelseite stach mir ins Auge. Ich hatte schon vergessen, dass ich mir den Roman schon besorgt hatte. In dem Moment war ich verängstigt, entfremdet vor mir selbst, weil ich anfing zu glauben, dass ich genauso tickte wie die kranken Mädchen im Internet. Luc Morel hier. Luc Morel da. Es ging nur um Luc. Sie sprachen nur von Luc. Und Luc dominierte mein ganzes Leben.

»Chloé, ist alles in Ordnung?«, hatte Victor gefragt, der neben mir lief. Er hatte keine Ahnung.

Die Gedanken verschwanden sofort.

»Ja, alles gut«

»Du wirkst so abwesend«

Pause. Nach kurzer Zeit fingen wieder an die Kommentare in meinem Kopf zu schwirren. Ich fing an die Punkte miteinander zu verbinden.

In diesem Moment schaltete sich alles plötzlich komplett um. Ich weiß nicht, wieso ich das denke, wieso ich so plötzlich überzeugt davon bin, auch wenn es keinen Sinn ergibt, aber ich fange an zu glauben, dass Luc über mich geschrieben hat.

Und jetzt sitze ich mitten in der Nacht im Atelier. Die Nacht vor meiner nächsten Ausstellung. Um mich herum sind Werke ausgestellt, die alle mit Spiegeln zu tun haben. Der Raum sieht aus wie ein Lager eines Spiegelgeschäfts. Manche habe ich mit rotem Lippenstift beschmiert. ILLUSION, steht auf einem drauf. Vor mir, eine Collage mit zerbrochenen Scherben, die aus Resten des Spiegels über dem Kamin stammt, den ich vor einigen Tagen zerbrochen hatte.

Früher waren hier Lucs Portraits versammelt, die mich beobachtet hatten und jetzt werde ich von meinen eigenen hundert Augenpaaren angestarrt, während ich auf dem Boden sitze. Die Unendlichkeit und ich. Isoliert von der Außenwelt.

Der Mond scheint durch die Tüllgardinen und wirft sein Licht auf das dunkelrote Buch in meinen Händen. Die Schrift auf dem Cover glänzt mich an. Ein Name eines Fremden, der mich gar nicht kennt, den *ich* eigentlich gar nicht kenne, der mein Leben aber so sehr verändert hatte.

Er weiß überhaupt nichts davon. Er weiß nicht einmal, dass ich hier sitze und atme und einfach existiere. Er weiß überhaupt nicht, was ich die letzten Jahre durchmachen musste, dass ich meine Grenzen überschritten hatte für *ihn*, für *uns*, damit er *mir* gehören konnte eines Tages. Dass ich meinem Leben ein Ende setzen wollte, dass ich mir alles nur eingebildet hatte. Dass er rein gar nichts darüber weiß und es überhaupt nicht erfahren wird.

Ich war süchtig. Ich war jahrelang besessen danach Beweise zu finden, dass er wirklich für mich bestimmt ist, dass wir wirklich zusammengehören, dass er einen Teil meiner Seele in sich trägt. Ich war süchtig nach Synchronizitäten, nach Parallelen und Ähnlichkeiten zwischen uns. Ich habe sie exzessiv gesammelt, wie Kinder bunte Murmeln sammeln.

Und dieses Buch hatte bestimmt Potenzial Teil meiner Sammlung zu sein. Ich hatte es noch nicht gelesen, aber ich spüre es tief im Herzen.

Und je länger ich seinen Namen lese, desto bizarrer kommt mir das alles vor, dass er mich zu der Person geformt hatte, die ich heute bin.

Und noch einmal. Luc Morel. Die Buchstaben, die mir so vertraut sind, fangen an mir seltsam vorzukommen.

Es frisst mich alles innerlich auf. Alles. Die Gespräche. Die Lieder. Seine Texte. Meine Kunst. Meine Welt, die sich nur um ihn dreht. Meine Identität. Mein ganzes Leben, das ich nur für ihn geopfert hatte. Und jetzt kotzt mich das alles einfach nur an.

Ich habe langsam genug von diesen Zeichen, von diesen kryptischen Symbolen. Es hatte mich wahnsinnig gemacht. Es hatte mich fast umgebracht. Ich möchte verdammt nochmal in Ruhe gelassen werden. Ich will nicht mehr von Luc verfolgt werden. Ich möchte nicht mehr von ihm heimgesucht werden. Er ist doch gar nicht da. Und er war nie da. Illusion. So wie es auf diesem Spiegel in der Ecke mit rotem Lippenstift steht.

Eine unbeschreibliche Kraft lenkt mich, als wäre ich eine Marionette. Es ist, als ob ich meine Hände nicht mehr steuern kann, als wären sie nicht meine.

Meine Hand schlägt das Buch für mich auf.

Meine Augen lesen mir vor:

Spieglein an der Wand
Gibt es eine Person da draußen
Die mich so lieben kann
So wie ich wirklich bin
Mit meinem Licht und Schatten
Die genau das sieht, was ich sehe
Als wären ihre Augen auch meine
Als wäre sie der Spiegel meiner Selbst

Spieglein an der Wand
Sag mir, warum hast du mich verrückt gemacht?

Die Schrift verschwimmt langsam. Sind die Wörter, die drauf gedruckt wurden, die gleichen Wörter, die ich hier lese?

Ich falle gleich in Ohnmacht. Ich verliere mich gleich im Nichts und löse mich auf.

Als hätte er eine Vision gehabt, eine Vorahnung. Und ich stecke in einer Simulation, in einem programmierten Computerspiel, in einer Inszenierung. Als müsste ich es hier und jetzt gelesen haben. Wie vorbestimmt.

Die Umgebung hatte sich verschoben und mich zu diesem Buchladen geführt. Das würde die roten Gegenstände erklären, die mich wie einen roten Faden geführt und auf diesen Moment vorbereitet hatten, damit ich auf sein Buch aufmerksam werde.

Ich bin aufgewacht.

Er ist es. Es gibt nur ihn für mich. Sonst niemand.

Ich hatte völlig vergessen, dass Victor noch da ist.

Zugegeben, ich konnte mir nicht entgehen lassen den ganzen Roman in einer Nacht zu verschlingen. Einige Passagen hatte ich unterstreichen, die zu mir sprachen. Es wurden immer mehr, je näher ich dem Ende war. Die Antworten fanden mich einfach. Die Parallelen häuften sich immer wieder, was ich eigentlich gar nicht wollte.

Ich möchte, dass er da ist, dass er anwesend ist.

Ich möchte, dass ich für ihn da bin, wenn es ihm schlecht geht. Ich möchte, dass er für mich da ist, wenn es mir schlecht geht.

Ich habe keine Lust mehr alleine zu wachsen. Ich möchte mit ihm zusammenwachsen. Ich möchte, dass wir uns ergänzen, dass wir uns alles teilen und alles zusammen machen.

Wann überschneiden sich denn endlich die Parallelen?

Bald sehen wir uns wieder. Ja, bald sehen wir uns wieder, hallt ein Zitat in meinem Kopf wie ein Echo, das auf der vorletzten Seite seines Romans stand. Mit pastellroter Farbe hatte ich es markiert. Ich war wie erstarrt. Ist das das Ende unserer Handlung?

Und dann denke ich an den Absatz, wie er einen Raum beschrieb voller Spiegel und Lichter, wie der Protagonist in diesem Raum tanzt und sich so erfüllt und unendlich glücklich fühlt seine Seelenverwandte endlich getroffen zu haben.

Es ging um mich.

Ich hatte vergessen, worum es da ging, wie die Geschichte tatsächlich aufgebaut war, als hätte sie sich mit meinen Erinnerungen vermischt.

Es ging wohl um einen Sänger, der sich eingebildet hatte, dass sein Fan seine Seelenverwandte war und wie falsch und seltsam das doch alles war, weil sie nur ein Fan und er ihr Idol war, dass so eine Beziehung ja unkonventionell wäre, obwohl sie ihn heimsucht und ihm nicht aus dem Kopf geht. Bizarr. Glaube ich.

Es kam mir so vor, als hätten sie Rollen getauscht. Er, das Idol, verehrt sie, seinen Fan.

Vielleicht geht es um etwas ganz anderes und ich interpretiere die Geschichte einfach falsch. Wie gesagt, ich hatte es nur überflogen und meine Augen waren nur bei bestimmten Zeilen hängengeblieben.

Mir fiel auf, dass er dem Fan keinen Namen gegeben hatte. Es handelte nur von *ihr*. Überall war *sie*. Und alle wollten wissen, wer *sie* war.

Kunst darf alles. Kunst hat keine Grenzen. Sie ist unendlich, wie das Universum, wie meine Liebe zu ihr. Ich las die Zitate wie Horoskope, die Antworten auf meine Fragen beantworten.

Man kann der eigenen Wahrnehmung nicht trauen.

Und: *So viele Fans bewundern mich, doch ich will nur von ihr gesehen werden. Sie ist eine von ihnen. Für alle anderen ist sie nur eine von vielen, doch für mich ist sie die Einzige. Und ich möchte nur noch über sie schreiben. Ich möchte nur noch für sie leben. Sie ist meine Muse, meine Inspiration, mein alles und mein Nichts. Denn ohne sie bin ich ein Nichts. Ein Niemand. Wenn nur sie und ich die einzigen Menschen auf der Erde wären, dann wäre ich wirklich glücklich und vollkommen. Für sie würde ich das alles aufgeben, den Ruhm, den Erfolg. Sie lässt mich Dinge fühlen, die mich sonst niemand fühlen lässt. Etwas, was ich kaum in Worte fassen kann. Vielleicht gibt es Seelenverwandtschaft wirklich. Sie ist die zweite Hälfte, die ich so lange gesucht und endlich gefunden habe. Es ist ein Segen und ein Fluch. Denn ich weiß nicht, ob sie mich auch mögen würde, wenn das Rampenlicht aus ist. Sieht sie in mir das, was sie sieht oder nur das, was sie sehen will? Täuschung, Illusion.*

Und dann war alles wieder so klar.

Ich erkannte mich selbst darin wieder. Wie in einem Spiegel.

Er schrieb tatsächlich über mich.

Mein Blick schweift durch den Ausstellungsraum und bleibt genau beim Wort ILLUSION stehen. Wie ein visuelles Echo.

Ich betrachte mich selbst in den Scherben vor mir.

Ich dachte, ich hätte vergessen, wer ich eigentlich bin.

Ich dachte, ich hätte mich verloren und mich in ihm wiedergefunden. Als hätte er meine Seele wiederbelebt. Das alles, was ich geschafft habe, habe ich nicht nur ihm, sondern auch mir selbst zu verdanken.

Und heute, zum ersten Mal seit einer Ewigkeit, gefällt mir, was ich sehe. Ich bin mein eigenes Kunstwerk. Mir ist egal, ob es den anderen gefällt. Hauptsache, es gefällt mir selbst.

Ich lächle in den Spiegel. Ich lächle mich an, die Person, die ich schon immer sein wollte. Und dass ich hier bewusst stehe und noch unter den Lebenden bin, das habe ich Luc zu verdanken. Als hätte er mich zum Leben erweckt. Ich bin *sein* Kunstwerk. So fühlt sich dieses Glück an, wonach ich so lange gestrebt hatte. Und niemand kann mir mein Strahlen heute nehmen. Weder Marie noch Louise noch Victor.

Es ist so schön ruhig ohne Louises schriller Lache, ohne Maries schriller Stimme und ihren toxischen Bemerkungen. Sie waren heute nicht zu meiner Ausstellung eingeladen. Sie kommen heute nicht und würden nie wieder kommen und sich wiedersehen können, weil deren leblose Körper in meinem Garten unter der Erde liegen und hoffentlich von Würmern aufgefressen werden. Und Victor schläft bestimmt immer noch tief und fest, zugedröhnt mit Sedativa, die ich ihm im Schlaf verabreicht hatte, damit er nicht merken konnte, wie ich Lucs Roman las.

Mein Leben läuft perfekt. Nur Komplimente um mich herum. Ich fühle mich nicht nur von den Betrachtern gesehen, sondern auch von mir selbst. Und jetzt lasse ich meinen Schatten los.

Eine Person kommt auf mich zu. Schwarz gekleidet. Blond. Ich erkenne ihn sofort.

»Es erinnert mich an einen Traum, den ich mal hatte«, sagt er, als er sich neben mich stellt. Zusammen starren wir unsere eigenen hundert Reflexionen auf den Scherben an, die uns verformen und verzerren, wenn wir uns bewegen. Wie in einem Spiegellabyrinth eines Jahrmarkts. Wir sehen aus wie zwei Puzzleteile.

»Mich hat tatsächlich auch ein Traum dazu inspiriert, das hier zu erschaffen«, erzähle ich.

Gleichzeitig wenden wir unsere Blicke von den Spiegeln ab und schauen uns lange in die Augen.

»Entschuldigen Sie? Aber sind das wirklich Sie? Luc Morel?«, unterbricht uns eine Frau.

»Ja, das bin ich«

Sie wechseln ein paar Worte, was ich ausblende. Ich kann nur beobachten, wie er ein Stückchen Papier signiert. Vor mir steht tatsächlich Luc Morel. Der Luc, den ich schon seit Jahren bewundert hatte.

Plötzlich ergibt alles Sinn. Es ist wieder glasklar.

Ich erinnere mich auf einmal, wie alles begonnen hatte, was ich so lange eigentlich verdrängen wollte.

Das war ziemlich lange her. Ich hatte von einem Gedankenexperiment gehört, wie man seinen Seelenverwandten an sich ziehen konnte. Zuerst war ich ziemlich skeptisch gewesen, wollte es trotzdem versuchen. Ich war einsam.

Vielleicht würde es ja funktionieren, hatte ich gedacht. Es klang ziemlich simpel. Zu simpel. Man musste sich nur eine Person vorstellen. Wie sie aussehen würde, wie sie sich verhalten würde.

Ich stellte mir also eine Person vor. Haarfarbe, Augenfarbe, Gesichtsform. Jemand, der ziemlich kreativ ist. Jemand, der unabhängig ist. Jemand, der sich gerne schön kleidet und die Schönheit in den kleinen Dingen sieht. Jemand, der Kunst versteht. Jemand, der mich versteht. Jemand, der das gleiche empfindet wie ich. Jemand, der zu mir gut passt. Jemand, mit dem ich mich identifizieren kann...

Langsam entstand ein klares Bild, eine Vision vor meinen Augen von einer Person, die wahrscheinlich nicht einmal existierte. Unbekannte Melodien waren in meinem Kopf. Ich fügte Details hinzu. Glitzer.

Das war kein Zufall, das war der eigentliche Anfang meiner Handlung. Sie begann mit meiner *Vision*.

Und ich wusste natürlich nicht, dass ich mir Luc Morel vorgestellt hatte. Irgendwann hörte ich seine Lieder im Radio, die ich früher immer ignoriert hatte. Erstaunlicherweise hatten die Texte ziemlich oft mit meinen eigenen Situationen zu tun.

Wenn ich Selbstzweifel hatte, hörte ich, wie er über sie sang, als würde er meine Gedanken vorsingen.

Zufall, dachte ich. Dann sah ich ihn kurz im Fernsehen, auf Plakaten. Ich dachte mir, dass er mir so bekannt vorkam, aber wer war das nochmal?

Ich lief einmal an einem Kiosk vorbei. Sein Name und sein Gesicht blitzten auf dem Titelblatt einer Zeitschrift. Als ich nachsehen wollte, wer das eigentlich war, wurde ich fast von einem Fahrrad angefahren und vergaß alles wieder sofort.

Luc war immer irgendwie da.

Es war, als hätte das Universum mich darauf vorbereitet und mir dauernd subtile Hinweise gegeben, die ich viel zu oft ganz einfach ignorierte. Als hätte es mit mir versucht zu kommunizieren, dass es ihn gab, dass er da draußen irgendwo war.

Aber ich hörte es nicht. Ich sah es nicht.

Als ich depressiv wurde und meine Freunde sich von mir abwendeten, verließ mich auch die Hoffnung. Ich war alleine mit meinen dunklen Gedanken. Ich war verwirrt. Ich wusste nichts mehr über mich selbst, was ich wollte, wer ich sein wollte. Ich hatte mich so lange an die anderen angepasst, bis ich mich selbst verlor, mich selbst zerstörte. Ich glaubte nicht mehr an mich selbst und an meine Träume als Künstlerin.

Ich spielte eine Rolle, bis ich mir selbst fremd war. Ich tat alles, um dazuzugehören, um *normal* zu wirken. Ich war so unbeschreiblich müde von allem und wollte am liebsten nicht mehr aufwachen.

Ich war ganz alleine.

Gib mir ein Zeichen, ein *Wunder*, betete ich.

Der Blitz schlug ein. Ich sah ihn auf meinem Bildschirm. Ganz deutlich. Die Person, die ich mir vor Jahren vorgestellt hatte.

Luc Morel. Ich sah ihn und analysierte seine Gesichtszüge. Die Melodie in meinem Kopf war von ihm gewesen.

Ich musste also alles verlieren, damit ich endlich auf ihn aufmerksam wurde. Damit er mich davon abhalten konnte, zu gehen. Ich musste mich verlieren, um ihn zu finden. Das Universum hatte mir alles genommen, alles ausgeblendet, damit ich auf ihn aufmerksam wurde. Er war das Licht in meiner Dunkelheit.

Ich fing wieder an zu malen und spürte, dass meine Kunst meine Seele heilte und mein Leben verschönerte. Und wer bin ich ohne Kunst? Ohne Kunst bin ich ein Nichts. Ein Niemand. Die Kunst gehört zu mir. Und Luc gehört ebenfalls zu mir. Seitdem geht er mir nicht mehr aus dem Kopf. Er tauchte in meinen Träumen auf. Ich konnte nicht mehr vor ihm weglaufen. Alles erinnerte mich an ihn. Die Symbole häuften sich, multiplizierten sich. Jahrelang hatte ich mit ihm Verstecken gespielt. Und dann versuchte ich jahrelang ihm nachzulaufen, verbrachte jeden Tag Stunden damit Interviews zu lesen, ihn zu analysieren. Mein Leben hatte sich geändert. Es fühlte sich so an, als wären die Dinge, über die er schrieb von mir diktiert worden. Es war, als hätte ich ihn darum gebeten, darüber zu schreiben, als würde er mich hören, meine Gedanken lesen und stetig zu einer Version von mir selbst werden.

Es fing an mir Angst zu machen. Ich hatte noch nie jemanden getroffen, der mir selbst so ähnlich war. Ich wollte Gründe finden, warum mir das passiert war, warum ausgerechnet *er* so einen Einfluss auf mich hatte. Wer war dieser Luc Morel aus meiner Vision, aus meinen Träumen? Vielleicht war das nur ein außergewöhnlicher Zufall. Fing ich an den Verstand zu verlieren?

Und jetzt verstehe ich, dass das meine Mission war, ihn zu finden, auf ihn aufmerksam zu werden, um mich zu zeigen.

Ich musste seinen Roman lesen, damit ich diese Spiegel ausstelle, damit er mich hier finden konnte.

Und jetzt bringt er mich dazu, mich selbst zu lieben, mich selbst so akzeptieren zu können, wie ich bin.

Ja, es ergibt Sinn. Denn wie sollte ich eine Person lieben, die mir so ähnlich ist, wenn ich mich selbst gar nicht lieben konnte? Und alles, was vor diesem Treffen passiert war, musste passieren. Ich wurde mein ganzes Leben lang auf diese Begegnung vorbereitet. Und gleichzeitig, war das alles eine Prüfung, dass ich trotz der ganzen Hindernisse, nicht aufgeben durfte zu hoffen, nicht aufhören durfte an ihn, an *uns* zu glauben.

»Hat mich gefreut, Sie zu treffen«, höre ich sie, bevor sie weggeht, was mich aus meinen Gedanken reißt.

Er dreht sich zu mir und fragt mich, ob ich danach noch etwas vorhätte.

So wie damals sitzen wir in demselben Lokal. Es war nur ein paar Minuten zu Fuß entfernt. Wir mussten einige Straßen überqueren, deren Ampeln sich direkt auf grün schalteten, als wir uns ihnen näherten. Als wären wir auf dem richtigen Weg.

Wir sprechen über Kunst und die Welt, genauso wie damals.

Wir reden ununterbrochen, als wären wir schon ziemlich lange gute Freunde gewesen, vor denen nichts peinlich ist, vor denen man sich nicht verstellen oder verbiegen muss. Ich fühle mich wie *ich selbst*.

Ich lüge auch nicht mehr und erzähle offen, dass ich ihn kenne, dass ich ihn schon ziemlich lange bewundere und er die Inspirationsquelle meiner Kunst ist. Ich schäme mich nicht mehr für *meine* Wahrheit.

Eigentlich will ich nur, dass er endlich versteht, was er mir bedeutet, dass er mich wiederbelebt hat.

»Dein Roman hat mir sehr gut gefallen. Als wäre jemand da draußen, der mich wirklich versteht, als hättest du ihn für mich geschrieben«

»Danke, das bedeutet mir echt viel. Wirklich«

Pause. Seine Augen funkeln mich an.

Es ist, als würde er etwas sagen wollen, aber sich nicht traut.

»Ist es nicht ein krasser Zufall«, sage ich, um die Stille zu unterbrechen.

»Das mit den Spiegeln«

»Ja, genau«

Wir nicken gleichzeitig. Er weiß, was ich meine.

Zuerst reden wir und dann beginnen wir uns wortlos zu verständigen.

Ja, als wären wir seelenverwandt, denke ich.

»Als wären wir seelenverwandt«, sagt er sofort wie ein Echo.

Das ist die Bestätigung. Ein weiterer Beweis für meine imaginäre Murmelsammlung.

Es ist irgendwie unheimlich. Ich komme mir wieder vor wie in einer Zeitschleife.

»Ich habe über dich geschrieben, Chloé«, sagt er dann.

Luc parkt das Auto vor meiner Villa, zieht die Handbremse hoch. Wir schauen uns lange an. Mir wird warm, mein Herz klopft bis zum Hals. Gleichzeitig nähern wir uns, im synchronen Tempo. Als sich unsere Lippen treffen, schließe ich die Augen. Ich halte ihn fest, drücke ihn noch näher zu mir. Ich will nicht nur seinen Körper spüren, ich will, dass sich unsere Seelen miteinander verschmelzen, die sich heute endlich gefunden hatten.

Was zu mir gehört, kommt zu mir zurück.

Kurz muss ich an Victor denken.

»Victor«, höre ich mich rufen, während ich die Treppenstufen hochlaufe.

Keine Antwort.

»Victor?«, rufe ich noch lauter.

Es ist, als ob mich eine höhere Macht führt. Ich war nicht mehr ich selbst. Ich war die ganze Zeit nicht ich selbst. In meiner rechten Hand halte ich ein Küchenmesser, das ich hinter meinem Rücken verstecke. Diese höhere Macht, dieses Etwas hatte mich dazu gezwungen.

Die Tür meines Ateliers ist um einen kleinen Spalt offen. Vorsichtig schaue ich rein und sehe Victor in der Mitte des Raumes, wie er eines meiner Notizbücher in der Hand hält und mich entgeistert anstarrt. Ich trete ein, gehe einen Schritt auf ihn zu. Er erinnert mich an mich selbst, als ich Patientin war, zugedröhnt. Seine blasse Haut, die zerzausten Haare, seine leeren Augen. Als wäre er innerlich tot. Ich sehe ihm an, dass er nicht mehr begreift, was gerade passiert.

Auf dem Boden liegt Lucs Buch. Eine Passage, die ich eingekreist hatte, erregt kurz meine Aufmerksamkeit.

Folie à Deux. Je suis fou de toi. Je suis fou pour toi. (Folie à Deux. Ich bin verrückt nach dir. Ich bin verrückt für dich).

Um uns herum stehen meine enthüllten Bilder, die ich so lange versteckt hatte. Mein tiefstes Inneres, was ich vor ihm geheim halten wollte, hatte er einfach gefunden, einfach entblößt.

Wir stehen zwischen ausgeschnittenen Textschnipsel über Luc, die ich auf großen Leinwänden geklebt habe. Zeitungsartikel, die von seinen Erfolgen handeln. Schwarz-weiße Schnappschüsse. Artikel aus Zeitschriften, aus der Regenbogenpresse, die von Gerüchten und angeblichen Affären handelten.

Ich hatte die Köpfe der Models und Schauspielerinnen, die neben ihm posiert hatten, absichtlich abgeschnitten, habe sie alle gesichtslos auf meiner Leinwand geklebt.

»Ich hoffe die Bilder gefallen dir, denn das war das letzte, was du von mir gesehen hast«, höre ich mich sprechen, als wäre ich besessen.

Er schweigt. Er ist verwirrt. Ich habe das Bedürfnis es ihm zu erklären, mich ein letztes Mal rechtzufertigen.

»Ich habe dich nie geliebt, sondern nur die Version von dir, die ich selbst erschaffen habe, mit meinen eigenen Händen. Wie ein lebendiges Kunstwerk«

Ich hole meinen Arm aus. Die metallische Klinge des Messers blitzt unter dem Licht. Wie ich es befürchtet habe, ist Victor noch viel zu betäubt, um rechtzeitig reagieren zu können. Ehe er einen Schritt zurück machen kann, packe ich ihn, halte das Messer zittrig vor seinem Hals, dessen scharfe Klinge seine Haut fast schneidet.

Was ist in mich gefahren?, denke ich gleichzeitig.

»Luc und ich sind seelenverwandt. Wir gehören zusammen. Das habe ich schon immer gespürt, weil ich auf mein Herz gehört habe. Und niemand von euch Ärzten hat mir geglaubt! Niemand hat mich ernst genommen! Jetzt hat das Schicksal ihn und mich endlich zusammengeführt. Da staunst du, oder?«

Impulsiv steche ich zu, voller Wut, voller Rache. Mitten in seine Brust, wo sich sein schlagendes Herz befindet.

Ich setze sofort noch einen zweiten Stich für ihn. Für Luc. Für uns zwei.

Folie à Deux. Je suis folle de lui. Je suis folle pour lui. (Folie à Deux. Ich bin verrückt nach ihm. Ich bin verrückt für ihn).

Egal, was ich tue, ich tue es für Luc.

Sein weißes Hemd färbt sich dunkelrot. Victor sinkt zu Boden. Hektisch ziehe ich das blutverschmierte Messer heraus, schleife mit meiner ganzen Kraft seinen leblosen Körper Richtung Treppe und stoße ihn herunter.

Ich beobachtete, wie er qualvoll die Stufen herunterstürzt und höre, wie seine Knochen nacheinander brechen. Sein Körper liegt regungslos auf dem Boden. Blutspuren sind auf den Stufen.

Ich knie dann neben ihm, um sein Gesicht noch ein letztes Mal zu sehen, welches ich ironischerweise immer wieder und wieder an Luc sehen werde.

Jetzt kann ich ein neues Leben beginnen, als hätte es weder einen Autounfall, noch eine Therapie, noch einen Victor, mit seinem albernen, roten Notizbuch jemals gegeben. Ich spüre innerlich, dass sich bald etwas ändern wird. Dass das alles Teil eines Neuanfangs ist.

Luc betritt mein Zuhause und sieht mich.

»Chloé, was hast du nur gemacht!?«

Brennend weißes Licht. Nebel in meinem Kopf.

Das Letzte, was ich gesehen hatte, war, wie Luc und ich Victors Leiche in den Garten transportiert hatten und er die Erde hastig umgegraben hatte. Seine Bewegungen waren zwar schnell, aber geschickt, als hätte er Ahnung davon gehabt, was er da tat, als hätte er das schon oft genug gemacht.

Ich kam mir wieder vor wie in einem Traum, als ich neben ihm stand und ihn einfach nur regungslos beobachtete. Ich war viel zu verwirrt, um zu weinen, zu denken, zu begreifen, was überhaupt passierte. Als wäre ich in meinem eigenen Leben nicht die Hauptfigur, sondern nur eine Zuschauerin.

Als würde sich alles nur um Luc drehen.

Was danach passiert war, ist aus meinem Gedächtnis wie ausgelöscht. Ich schaue mich um. Ich befinde mich in einem leeren Raum. Nichts hat hier Farbe, nur der blaue Himmel, der sich außerhalb des Zimmers befindet, der ausgesperrt ist.

Ich will ausbrechen und das unerreichbare Blau einfangen. Wenigstens will ich es einatmen. Mein Körper und mein Verstand sind gelähmt.

Langsam kommen weitere Bruchstücke ans Licht. Ich hatte Blitze gesehen. Es hatte wohl ein Gewitter gegeben. Luc war außer Atem, hatte etwas gerufen, so etwas wie: »Das ist das letzte Mal, dass ich das hier mache, okay?«

Meine nassen Haare hatten an meiner Haut geklebt. Der Regen hatte das Blut von meinen Händen gespült. Rot, wie die Rosen an meinen Sträuchern, die mit Regentropfen bedeckt waren.

Luc hatte dort eine Rose gepflückt und sie auf die nasse Erde über Victors »Grab« gelegt. Wir hatten nicht nur gemeinsam Victor begraben, sondern eine alte Version von mir selbst.

Die Vergangenheit. Eine Illusion.

Ich kann meine Arme nicht mehr bewegen. Ich kann überhaupt nichts an meinem Körper bewegen, als hätte man mich wieder ans Bett gefesselt. Meine Beine fühlen sich schwer an.

Die Zimmertür öffnet sich und ich bewege meine Augen auf die andere Seite des Raumes und beobachtete eine Person, die einen Strauß mit roten Rosen in der Hand hält, umwickelt mit weißem Papier.

»Hallo, Chloé!«

Er lächelt.

Allein seine Präsenz lässt mich irgendwie geborgen fühlen, als würde er zu mir gehören. Er kommt mir äußerst bekannt vor.

Da nimmt er die weiße Vase, die auf dem weißen Tisch steht, füllt sie auf mit Wasser, stellt sie hin. Die roten Blüten leuchten wie ein Blutfleck auf der weißen Wand. Er beugt sich über mich.

»Hier bist du in Sicherheit. Hier wird dir niemand etwas antun«

Dann erkenne ich ihn. Blondes Haar.

Er sieht aus wie Luc.